石川　透編

室町物語影印叢刊 31

# 小式部

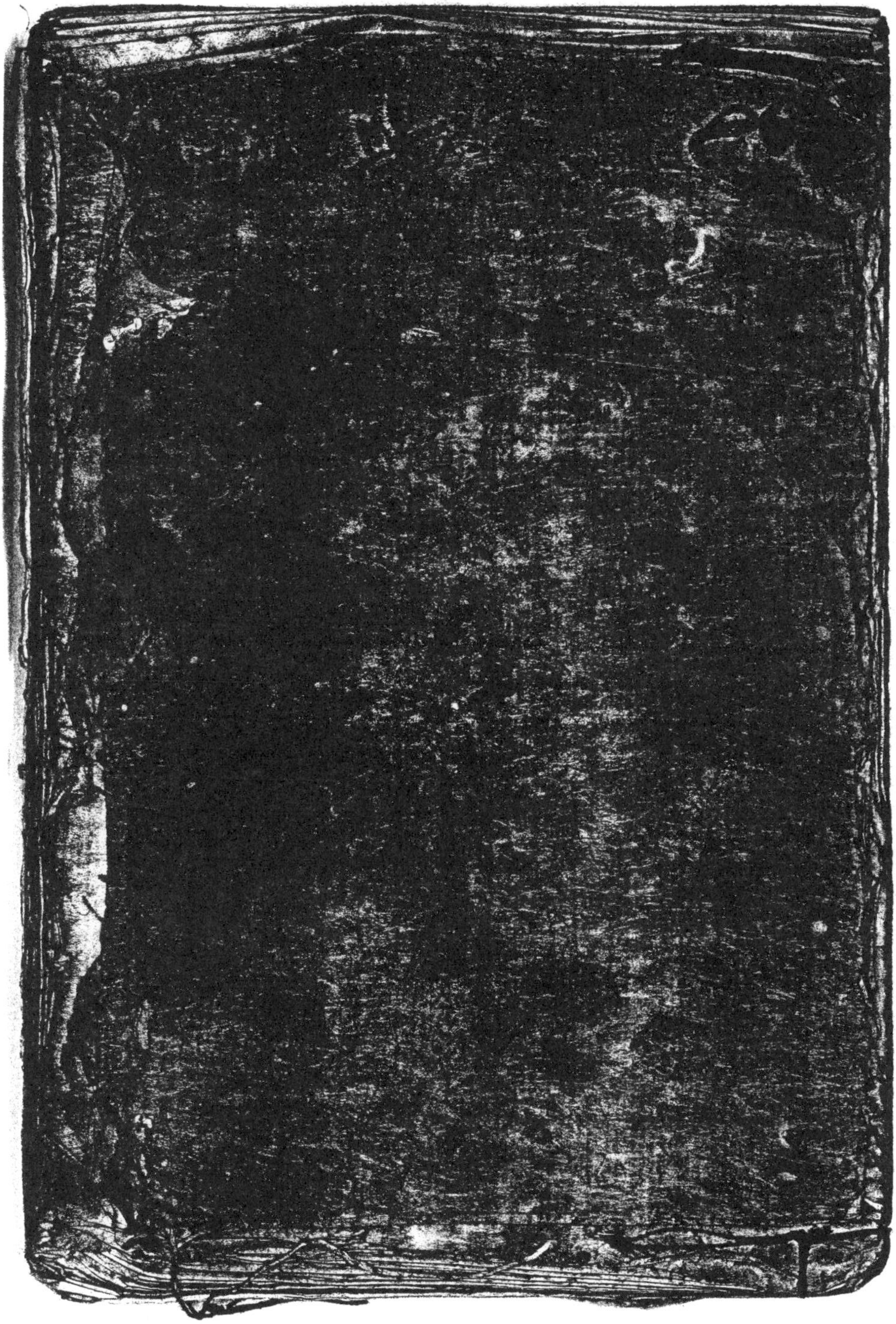

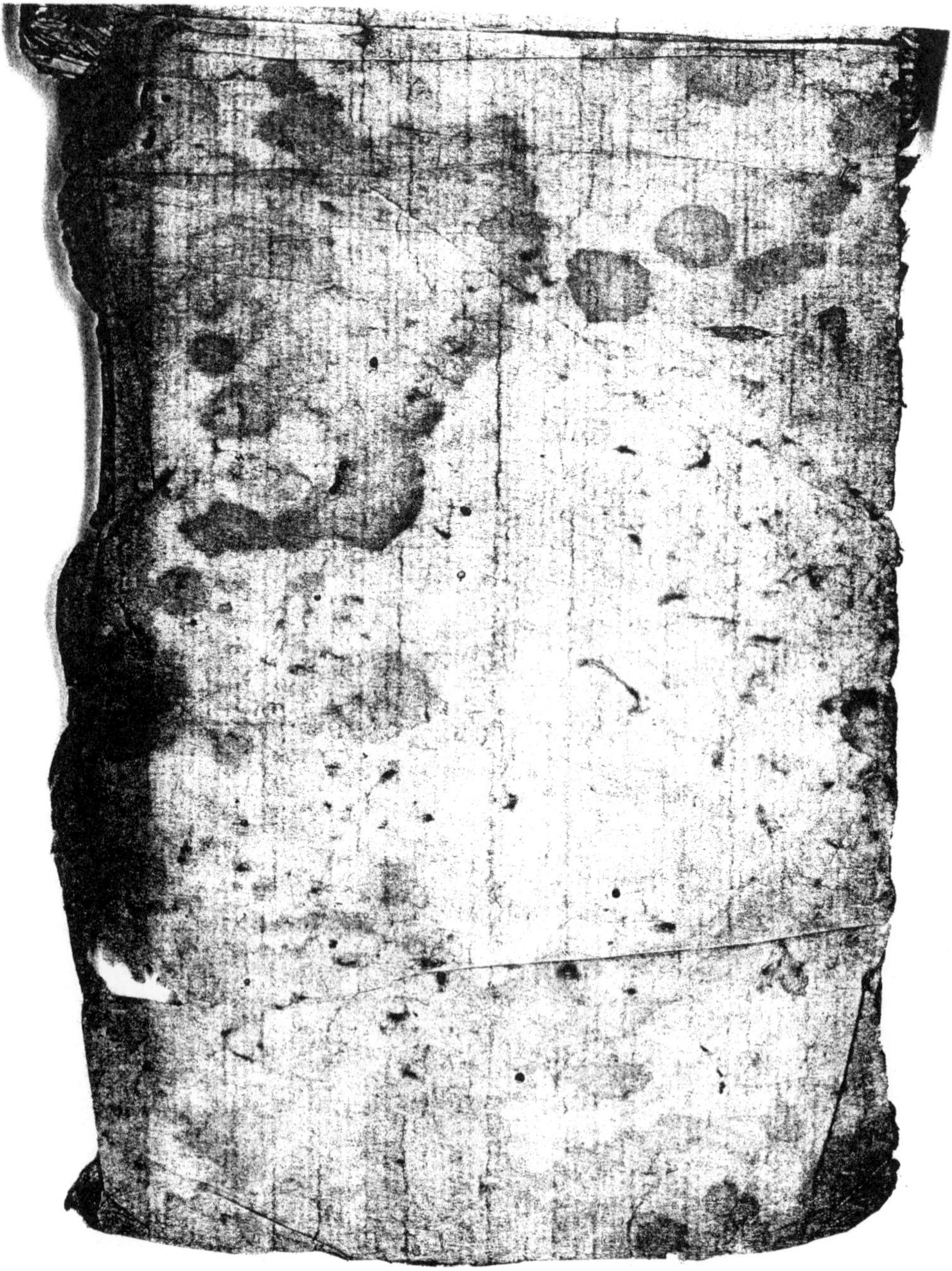

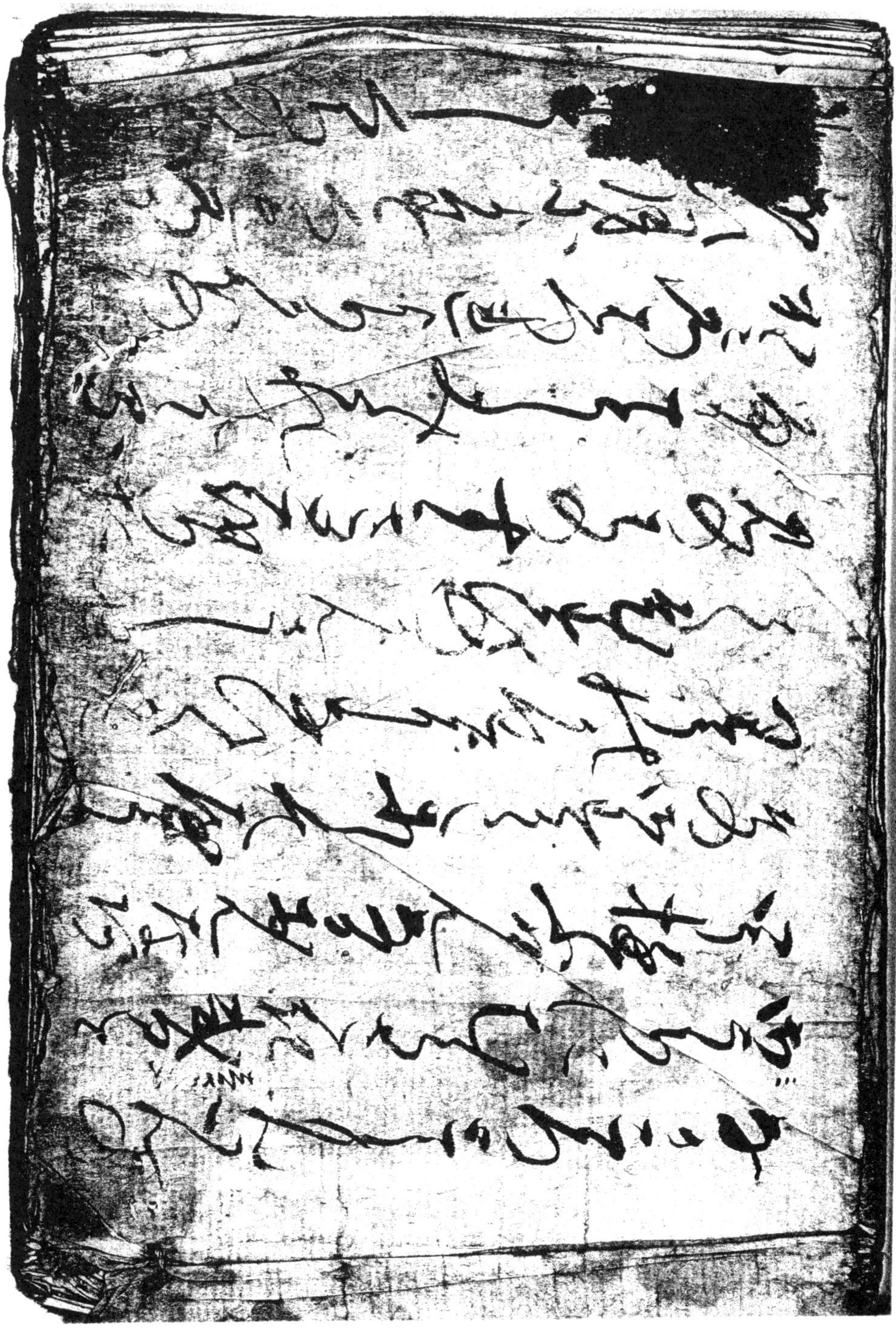

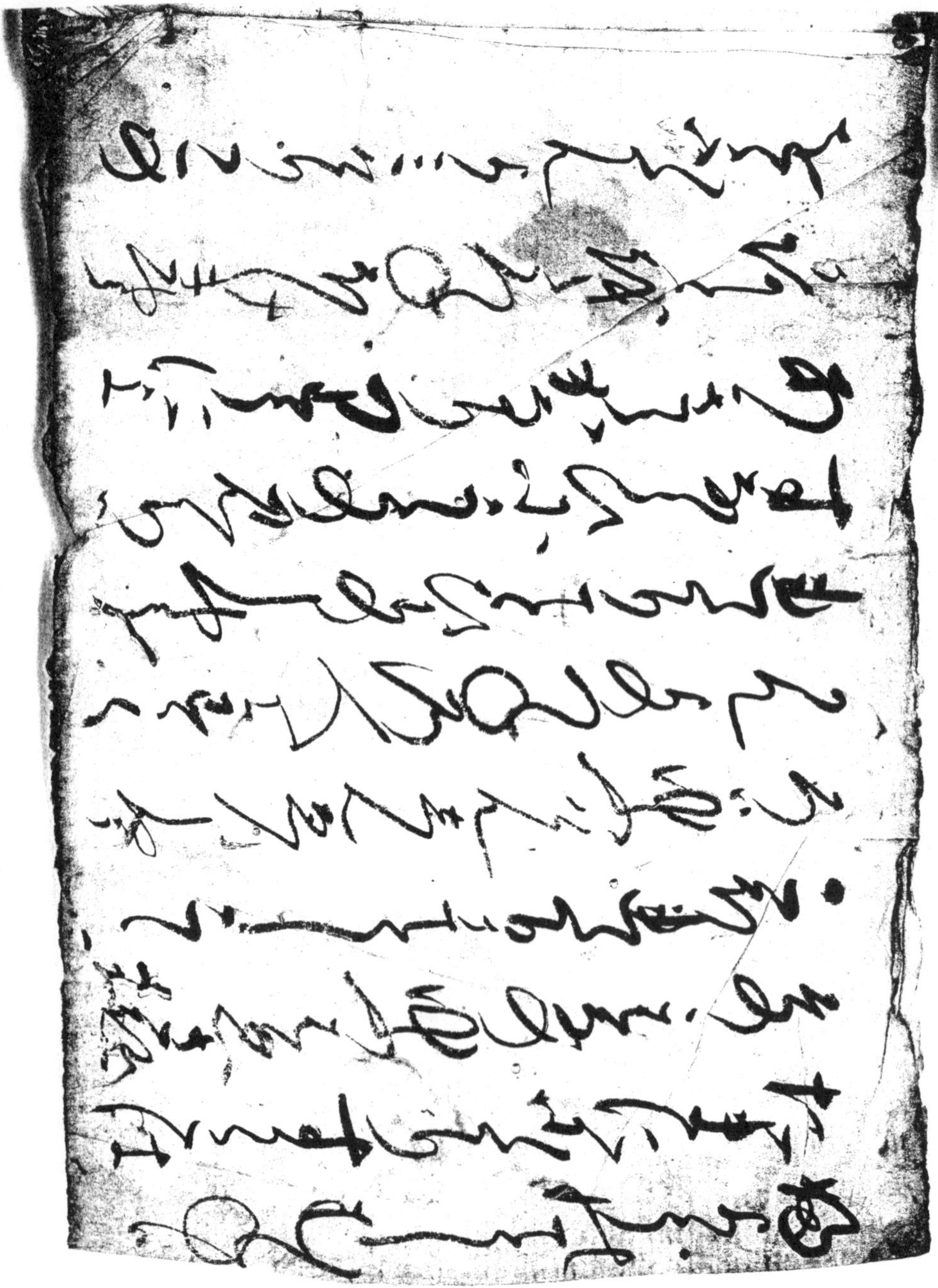

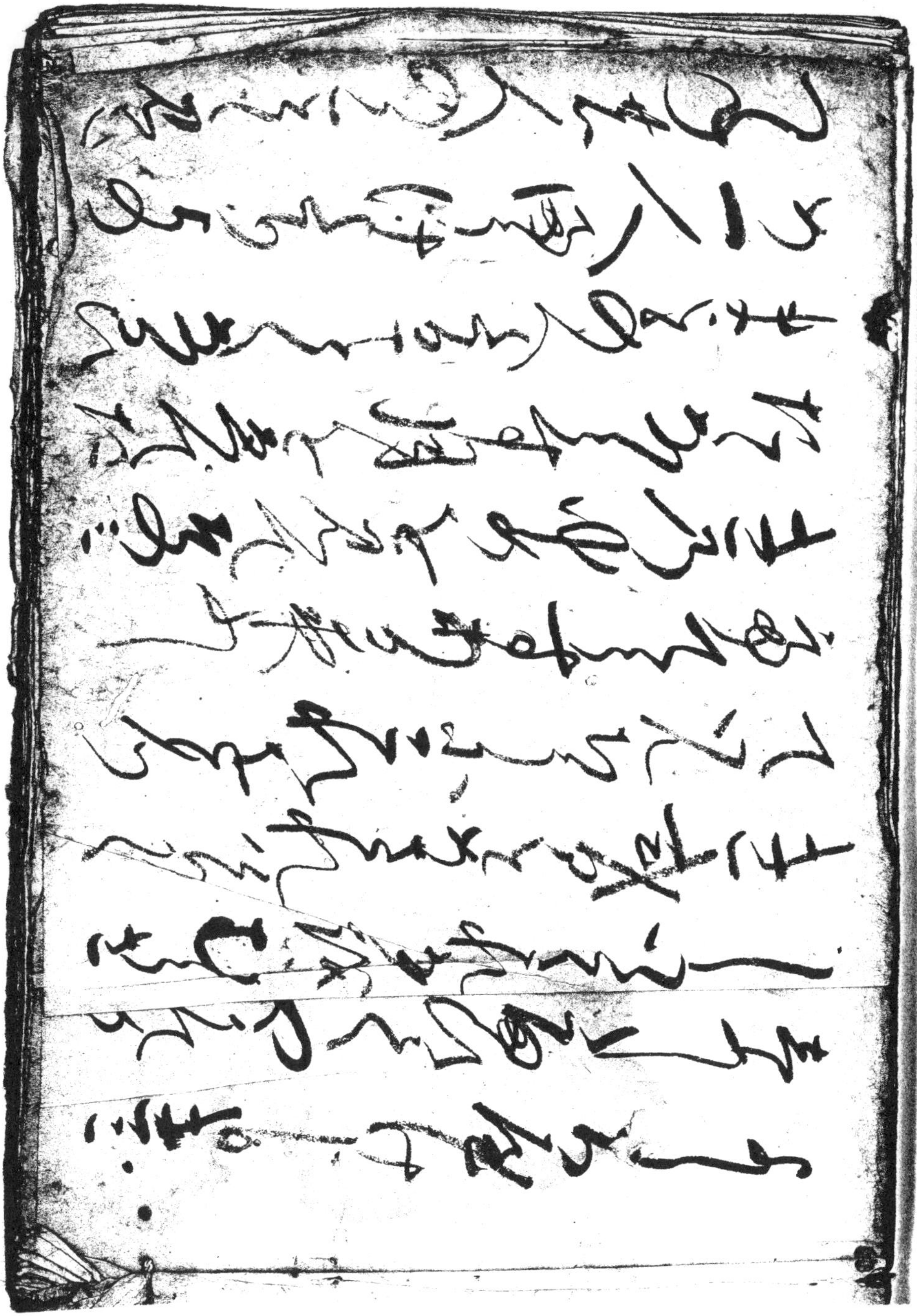

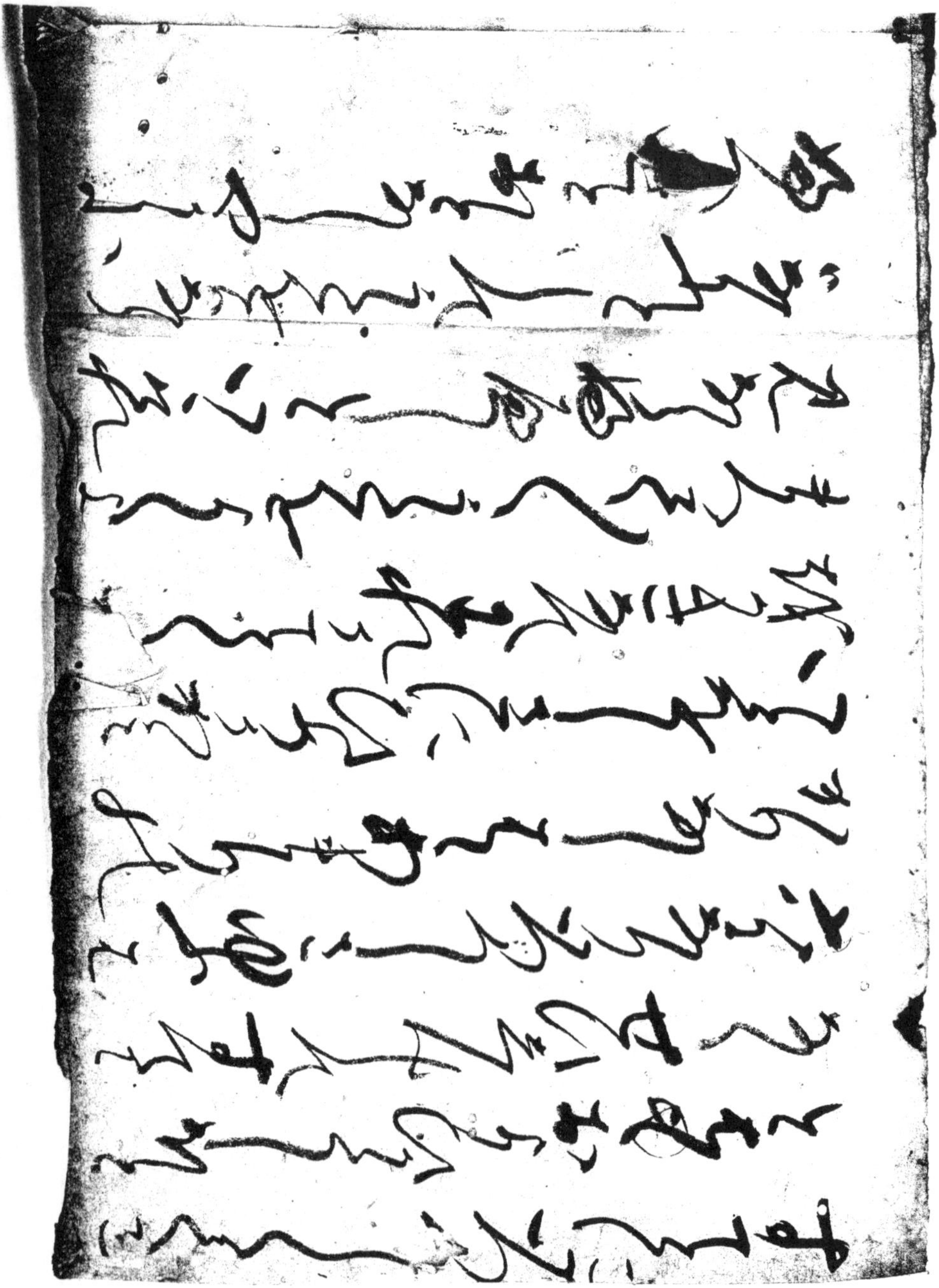

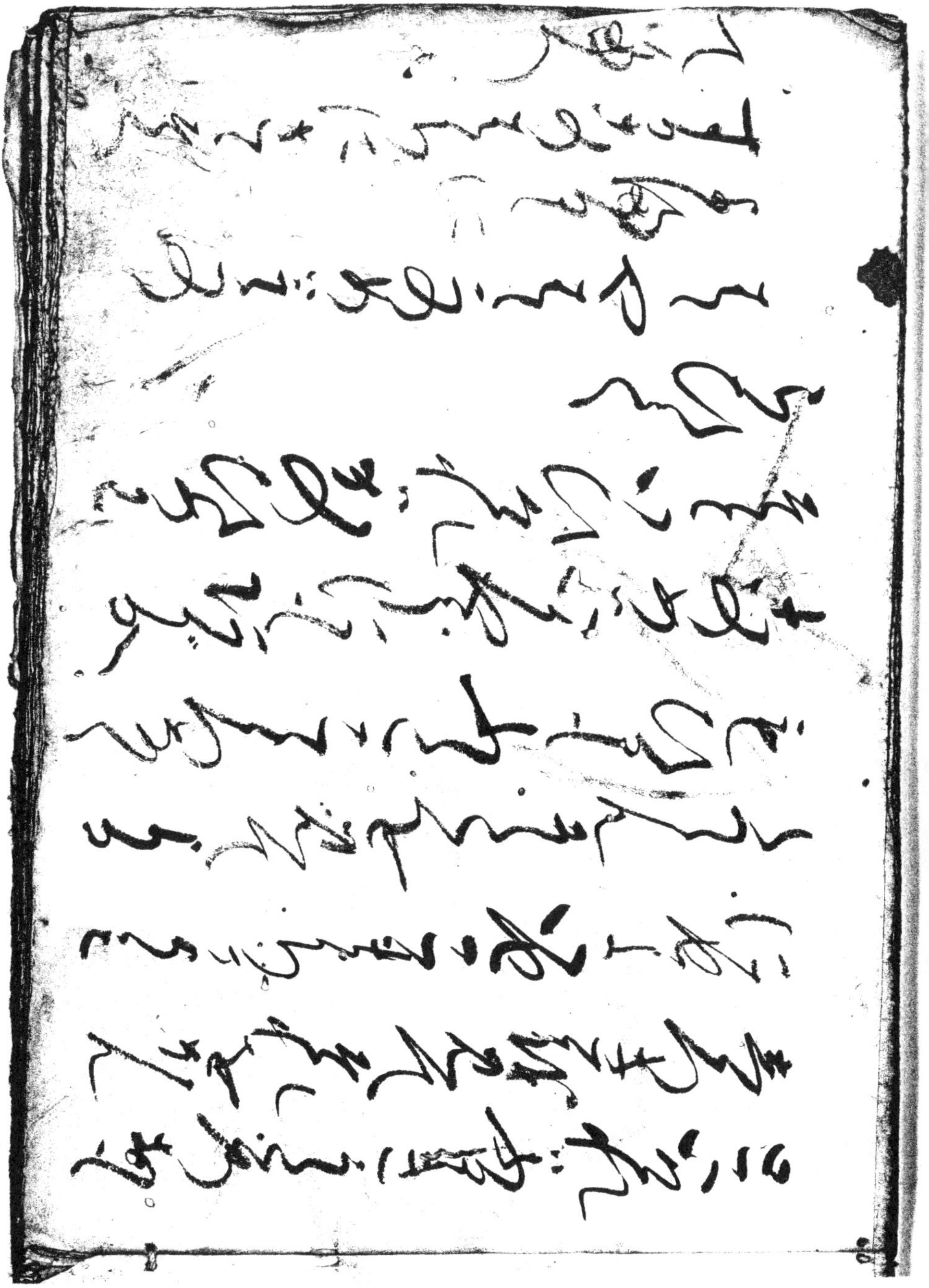

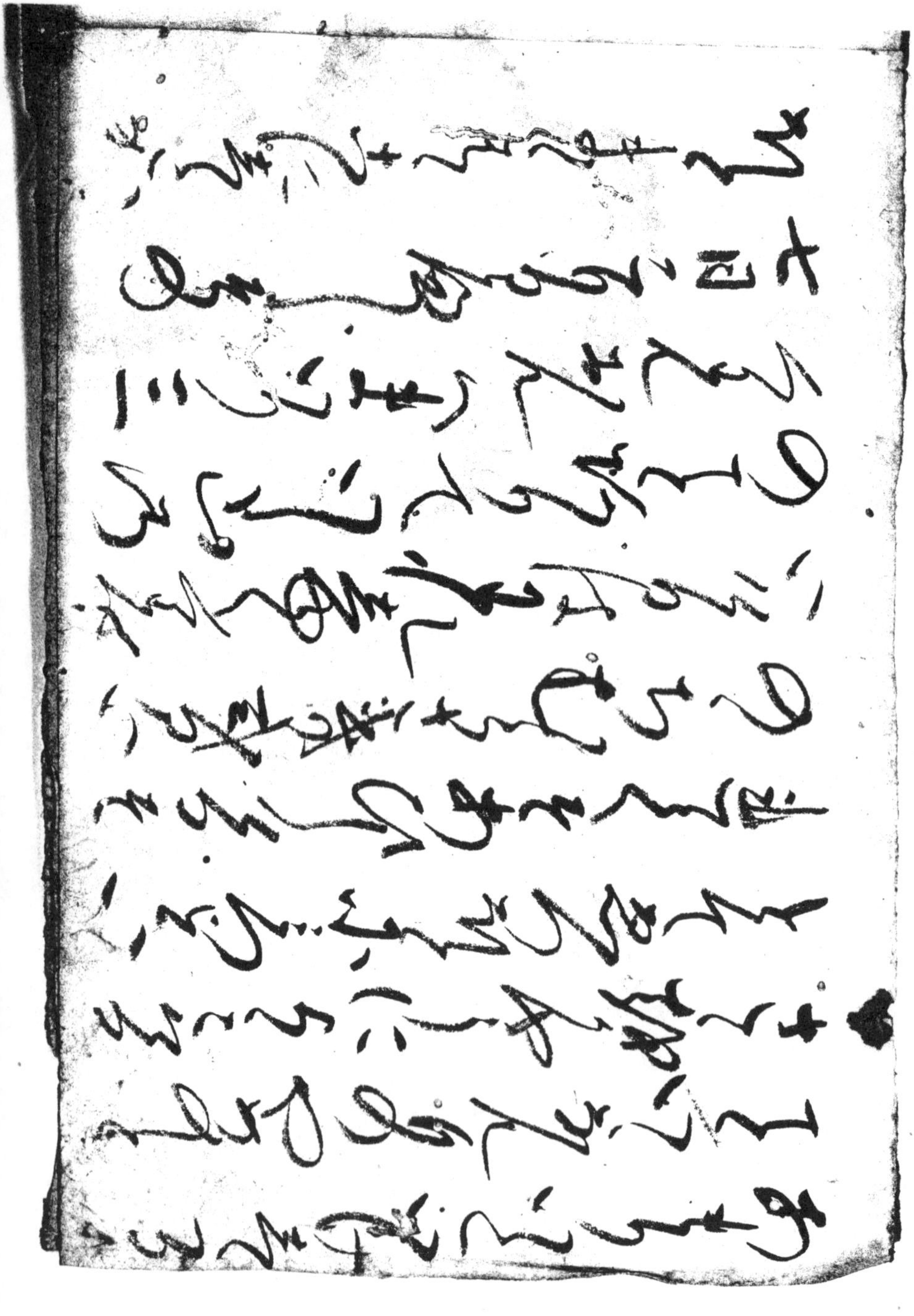

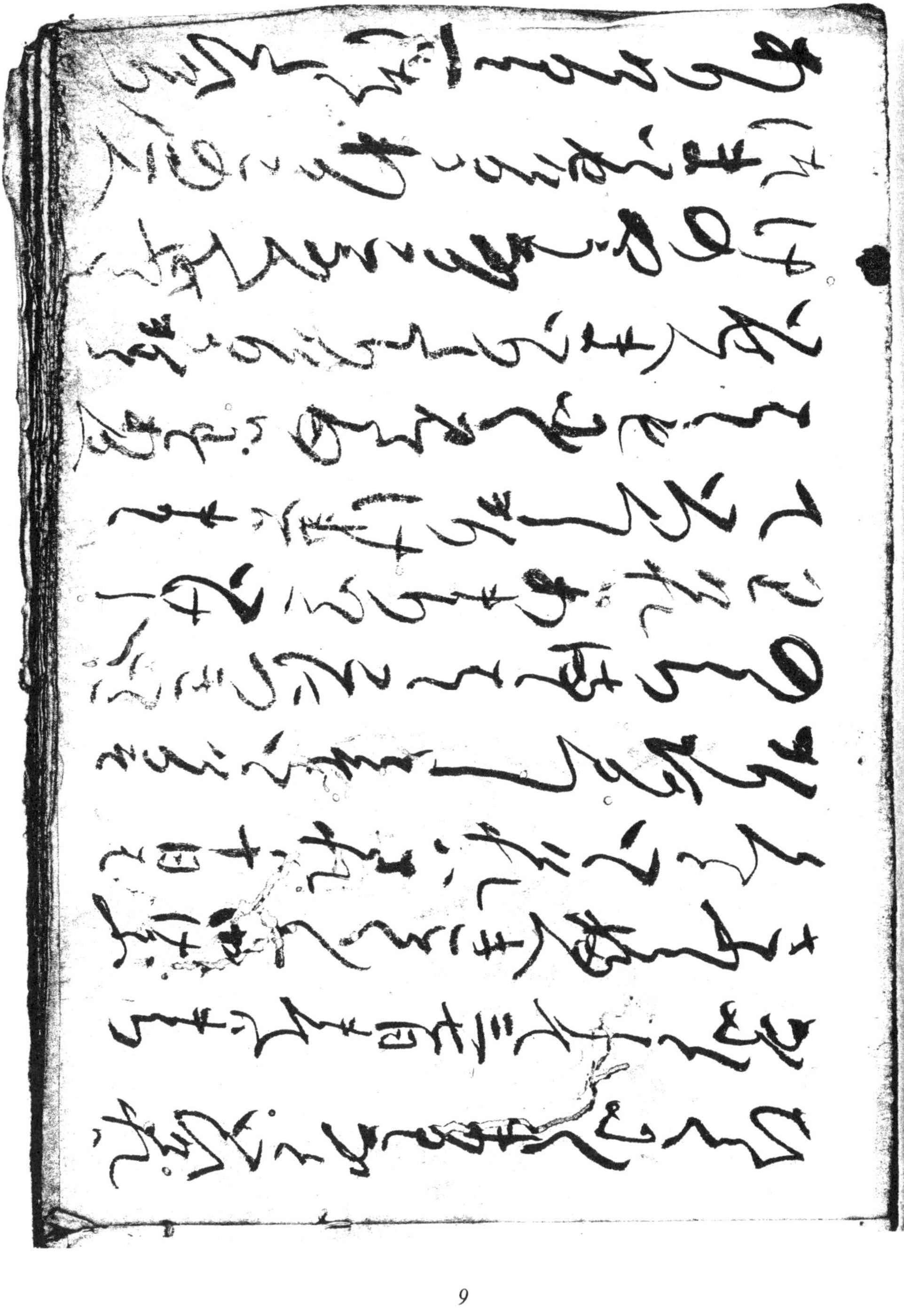

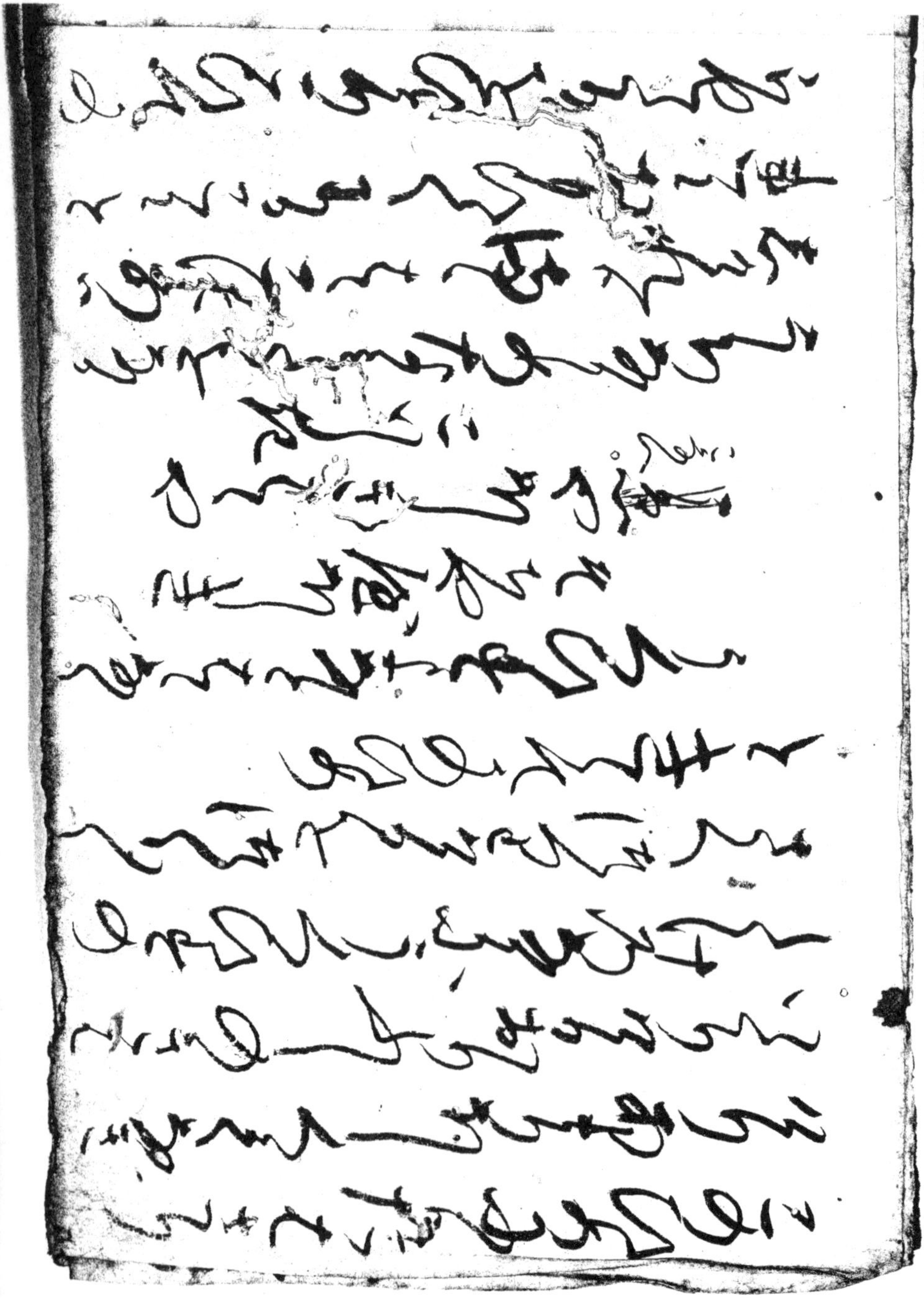

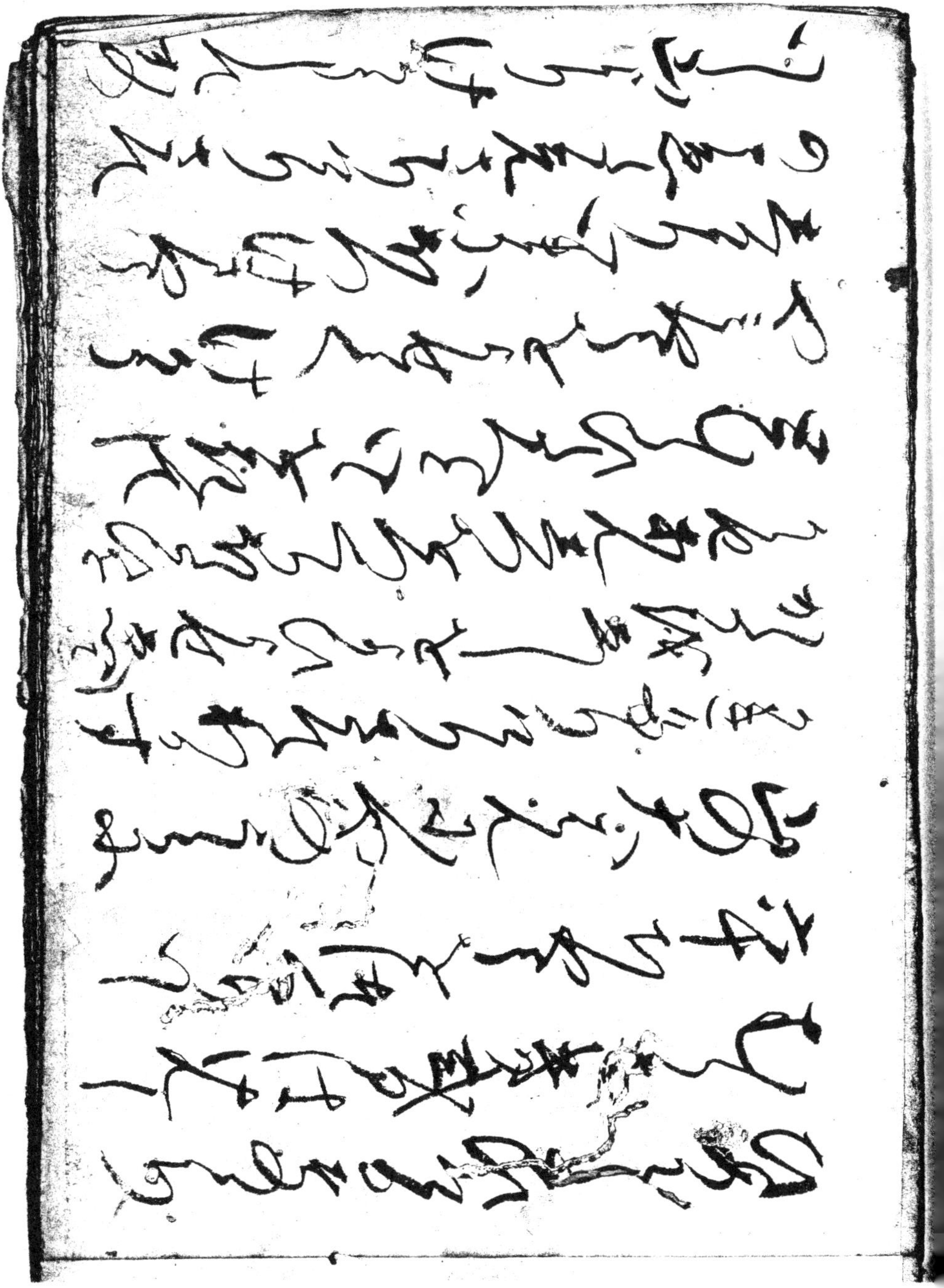

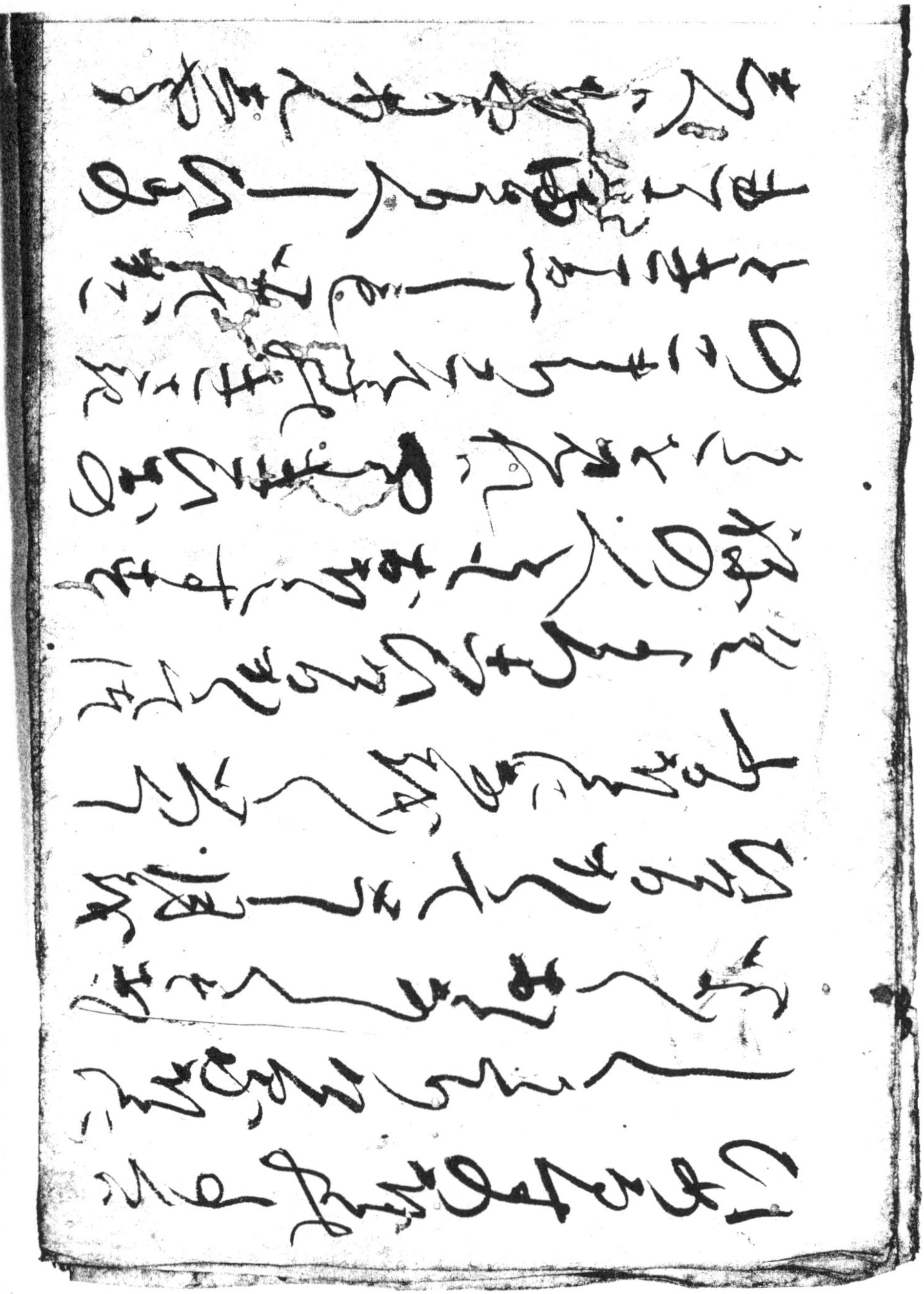

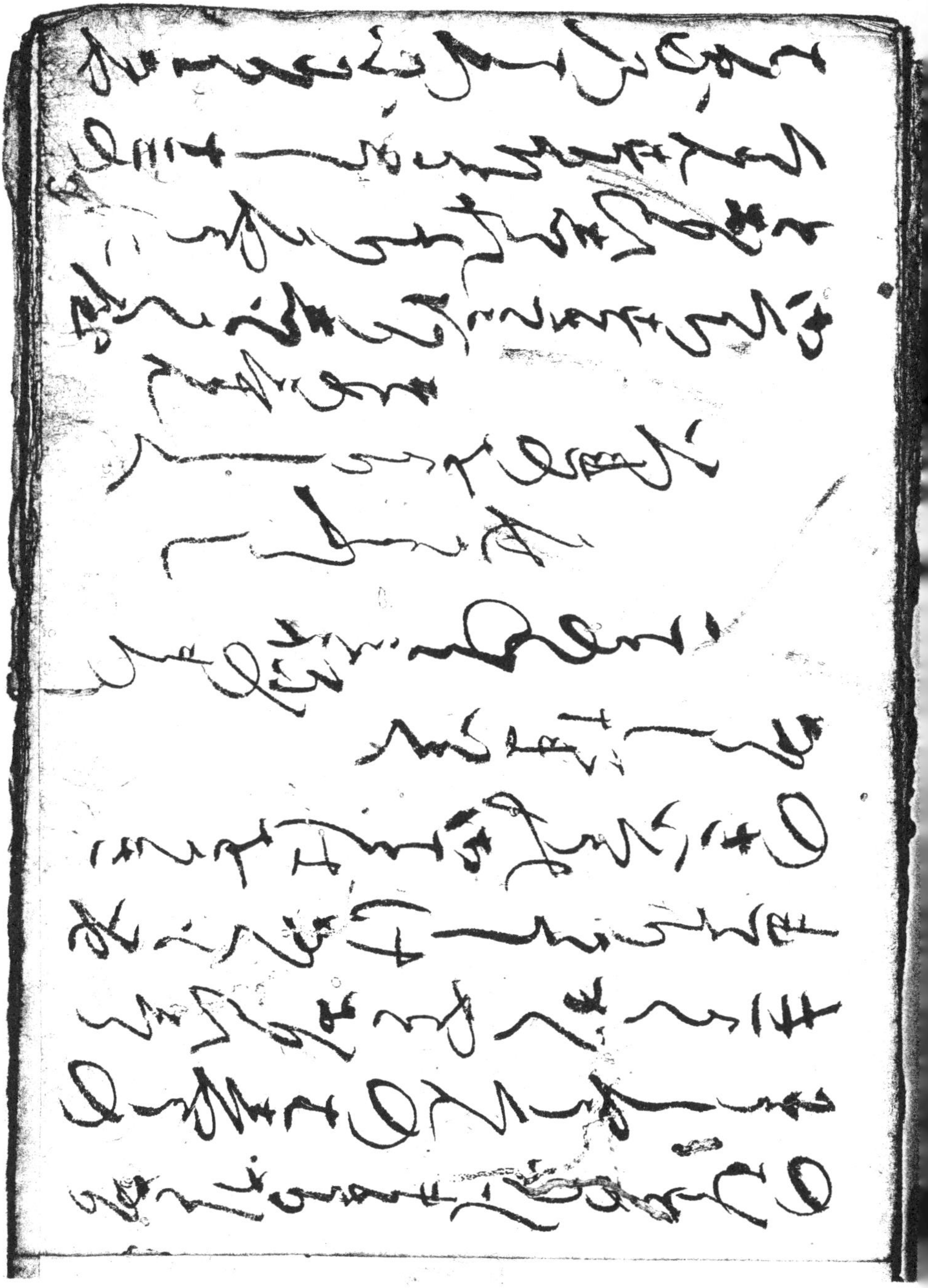

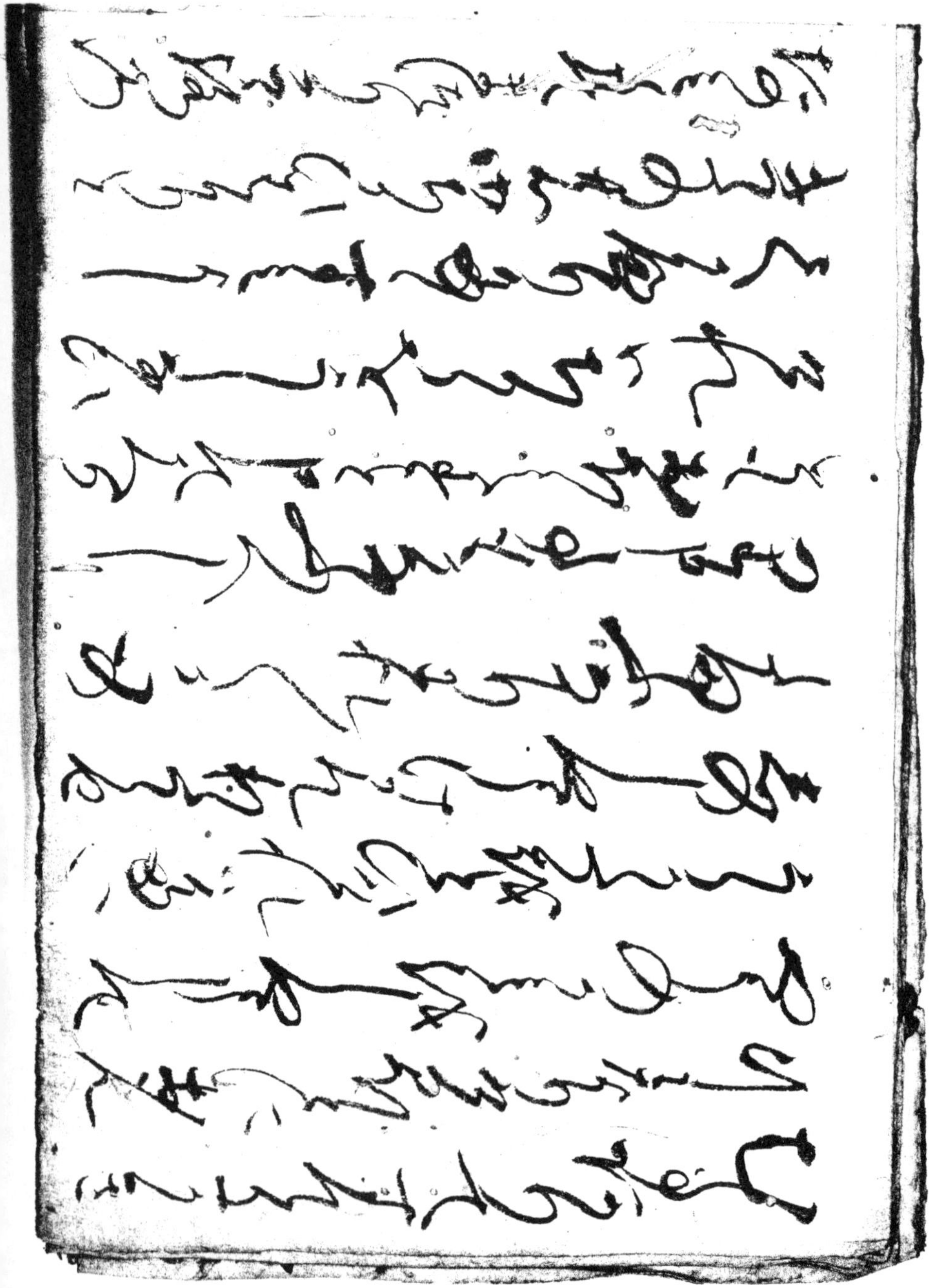

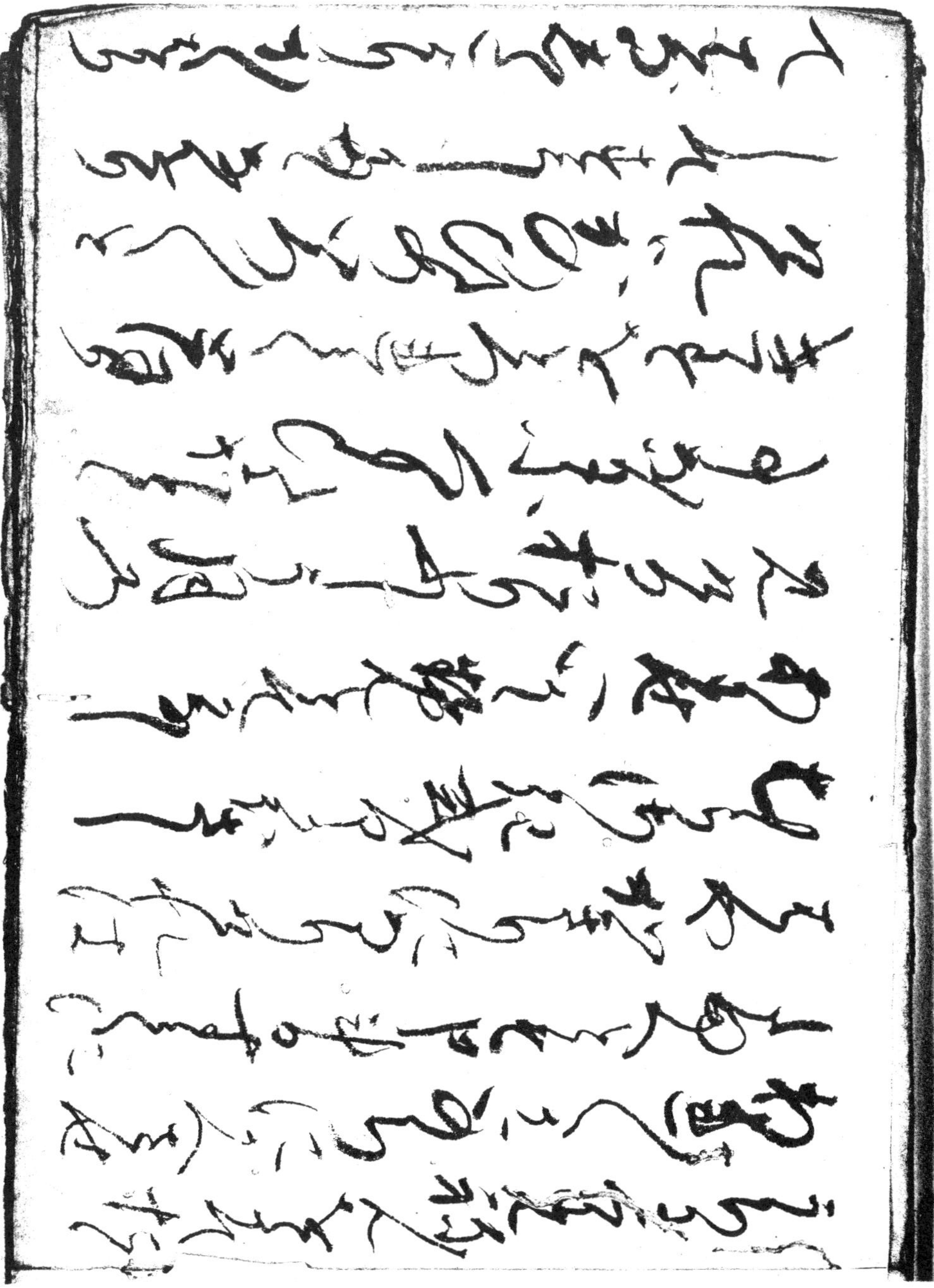

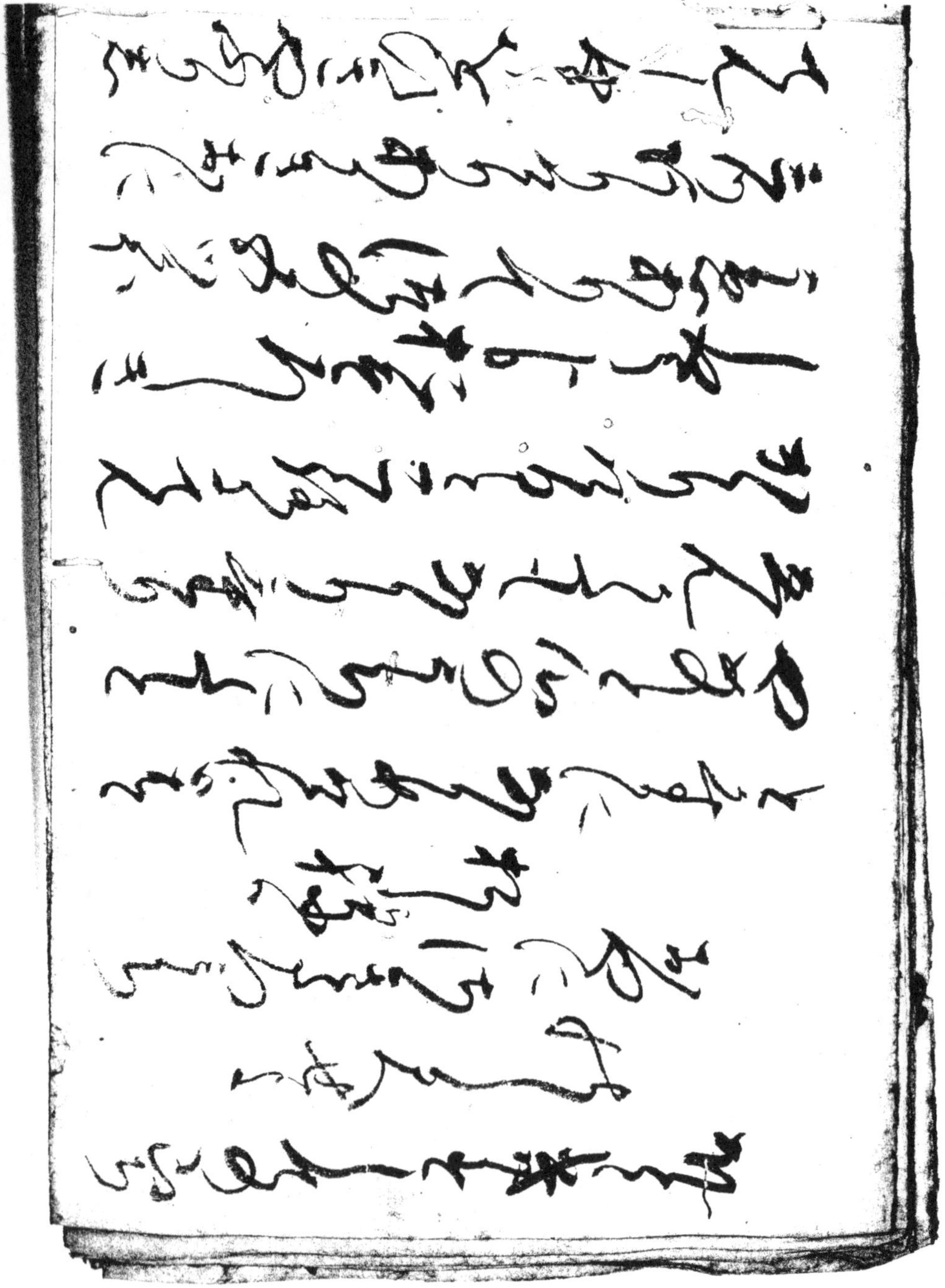

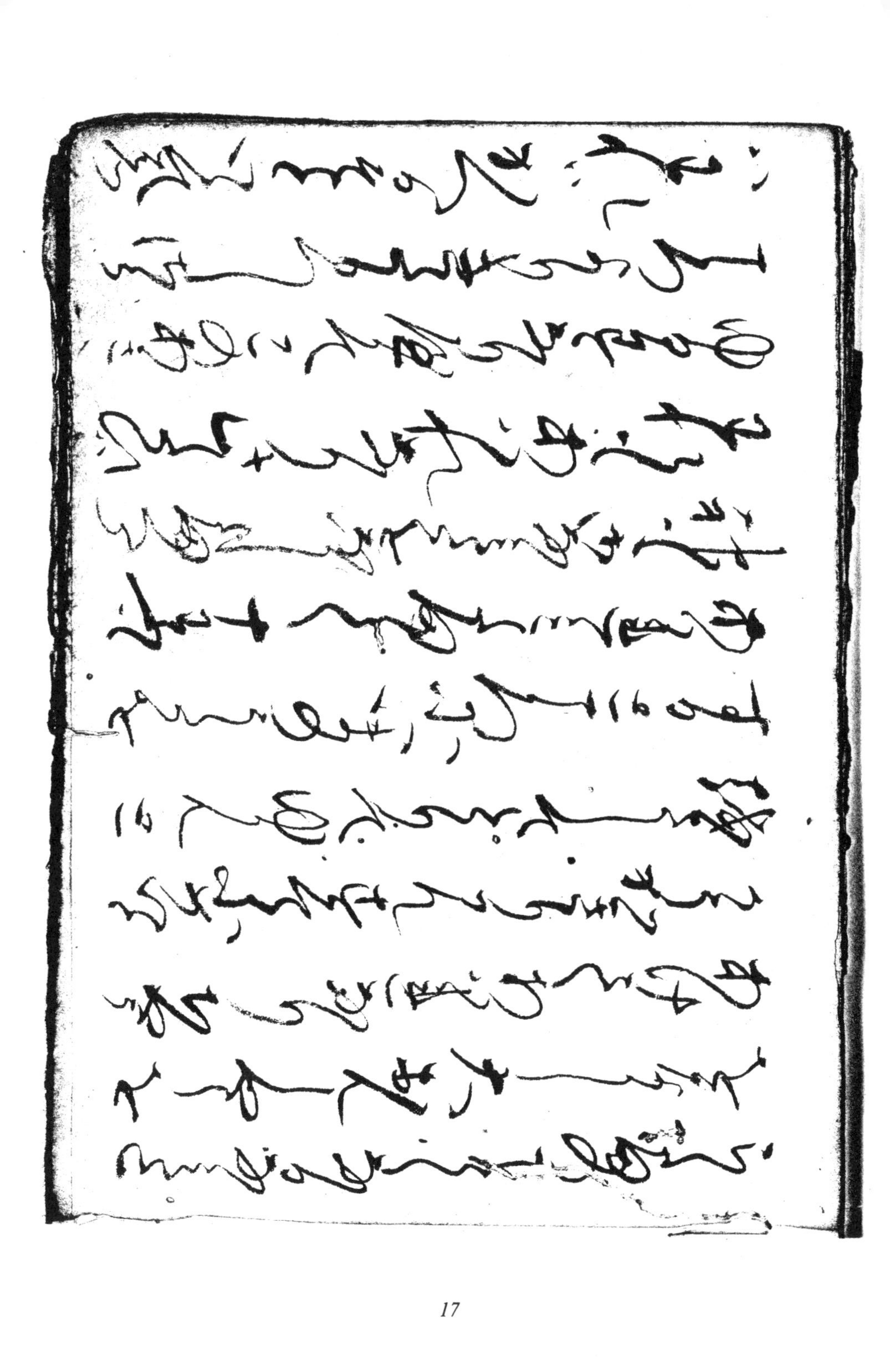

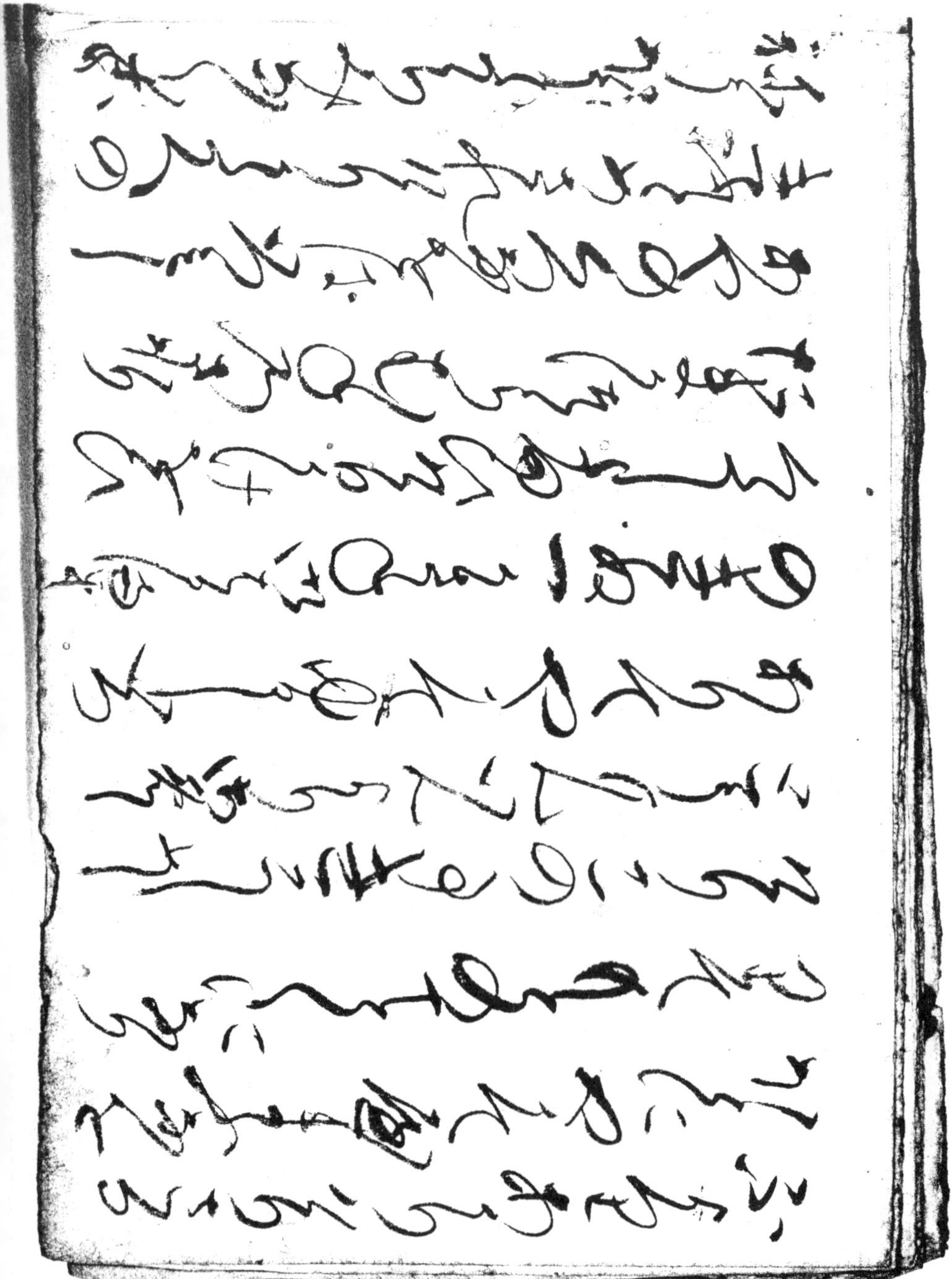

まへとうたにもろうハ座て
けいやくしうわれきひめ
あきれ多てまゐらかこのま
ひょしいかうきひてもふし
そうなきにきの涛まひきう
ろのきあとりい宮あいり
むさるのけぞぬそうか、す
やにめてさめめそてわ
りてまこうぬへい
なりらかしみすくの
おりゆしえやいてとそ
うれそふきてうたう

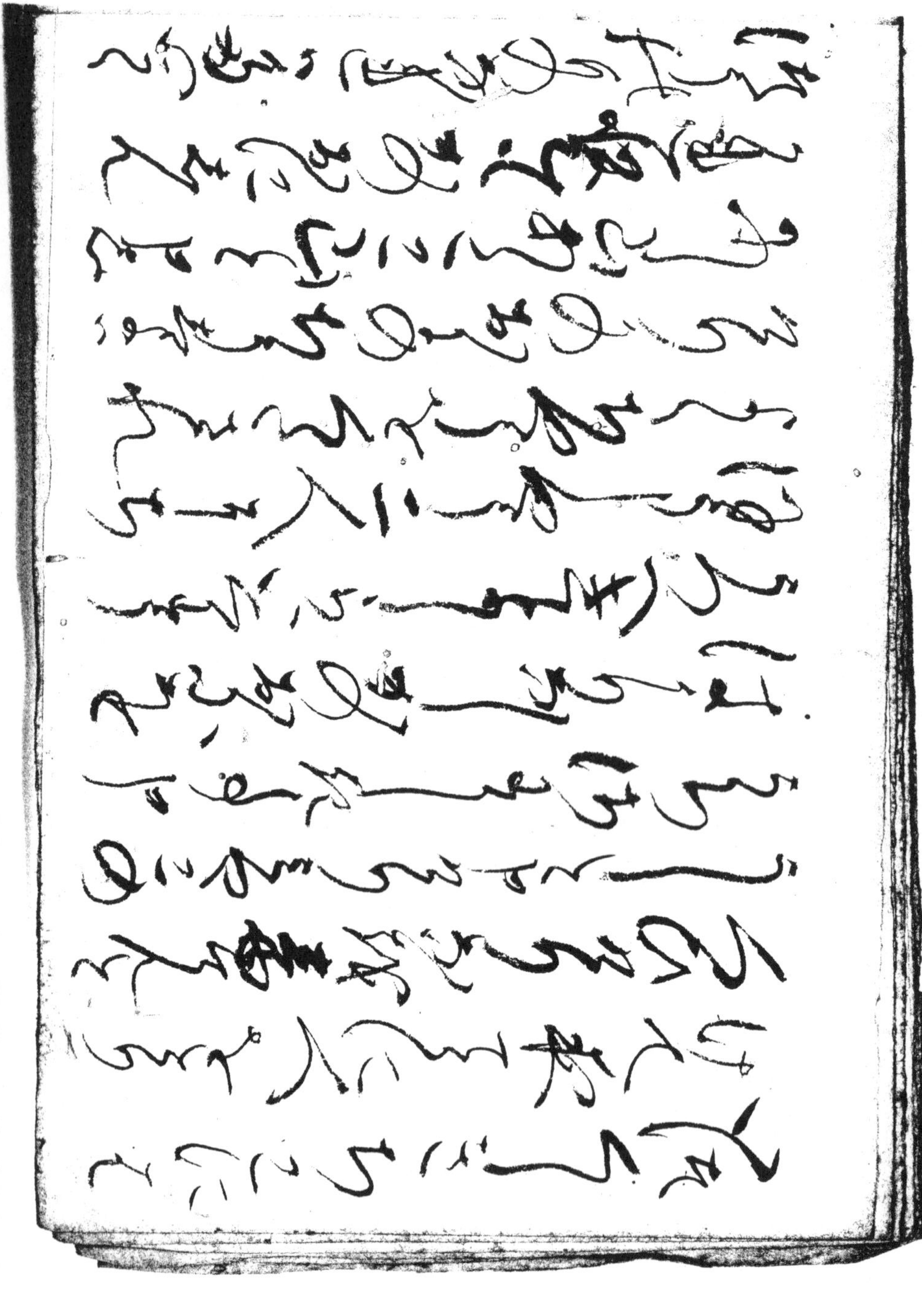

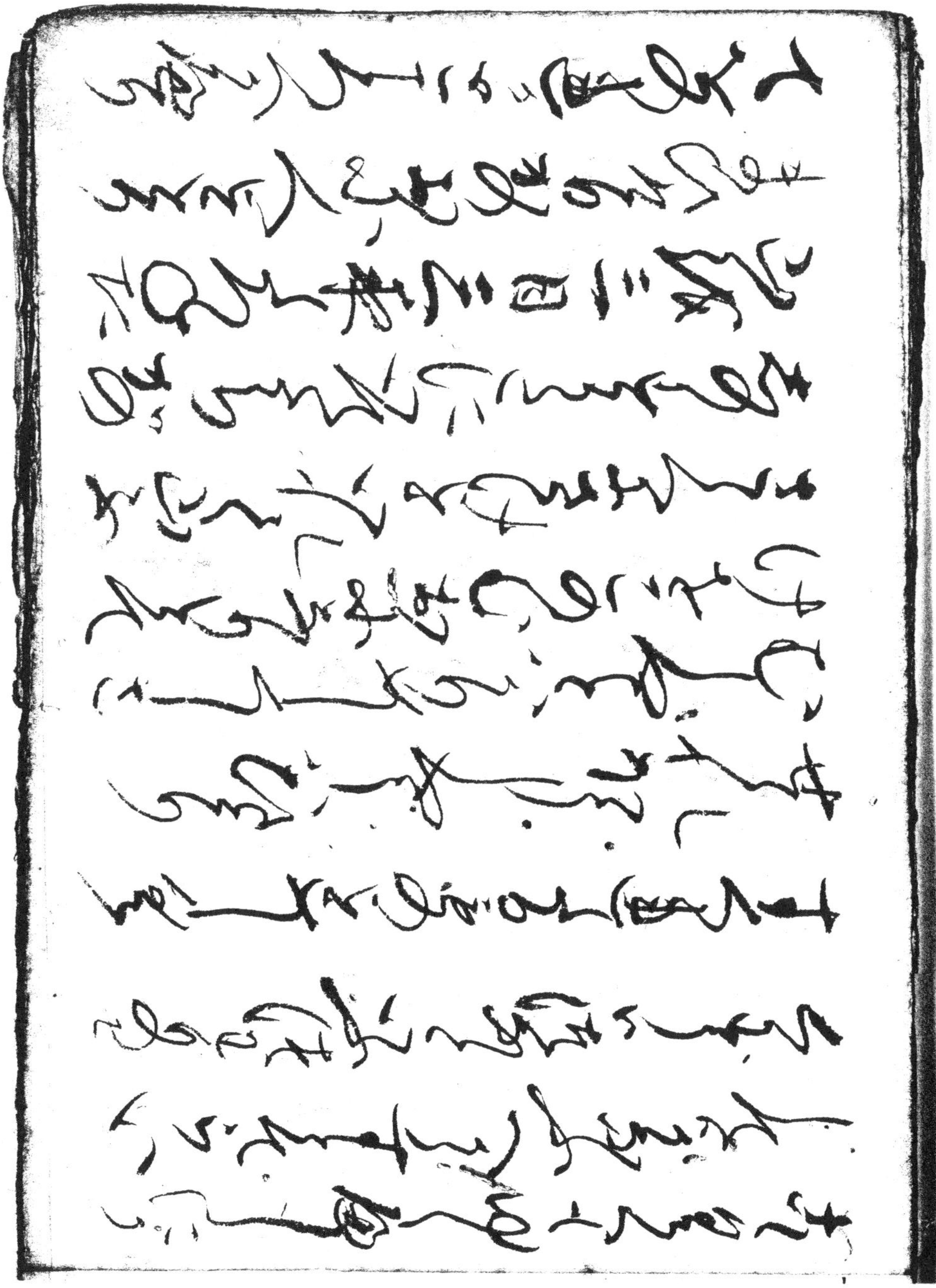

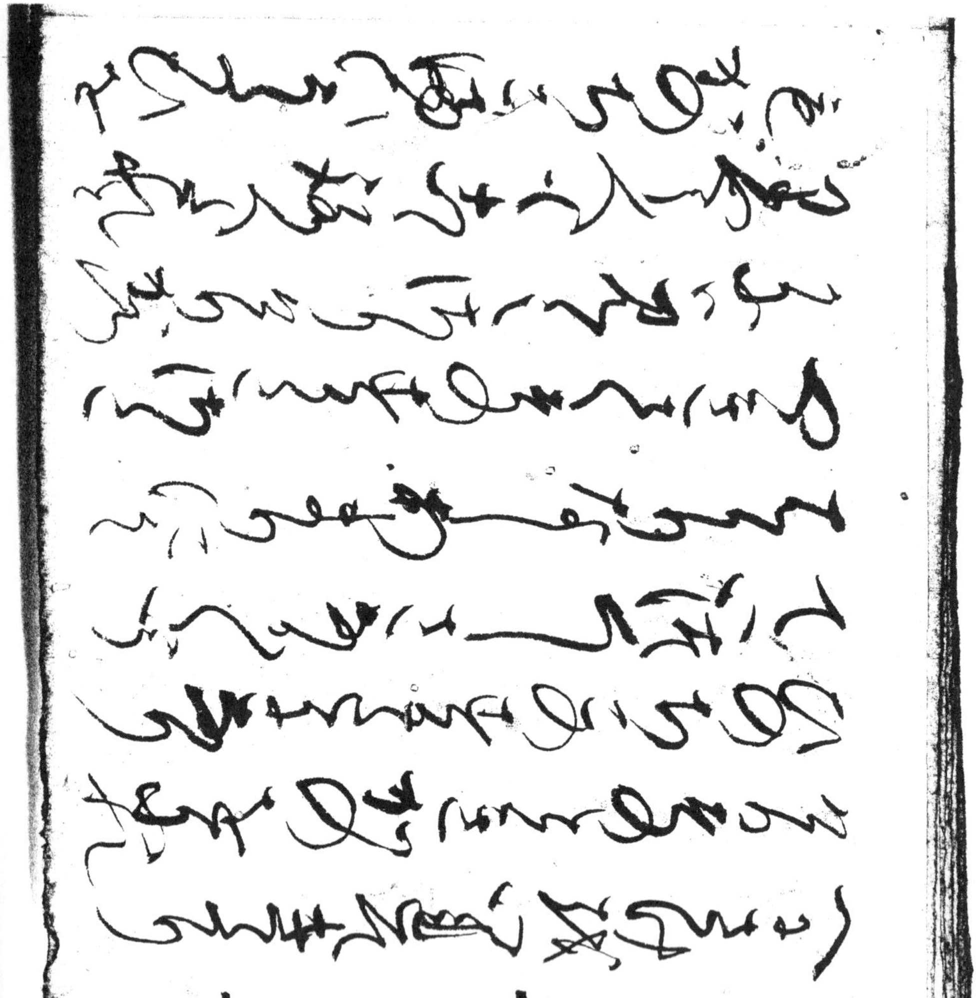

うらひしやゑとそり川よ
くよひされにあちこもよい
なうたうひによひへうり
音りかりしや〳〵すうて
なよとうきみれこふ兔へいく
よんあちこおひめてきさ
あらさおふとおりしら
ハふめるおふとなりくゑ
のかむしみてくかうつき
とうてきうけくうの堂ま
かうちうとさえんてす
川りうきこ代ねきてくかし

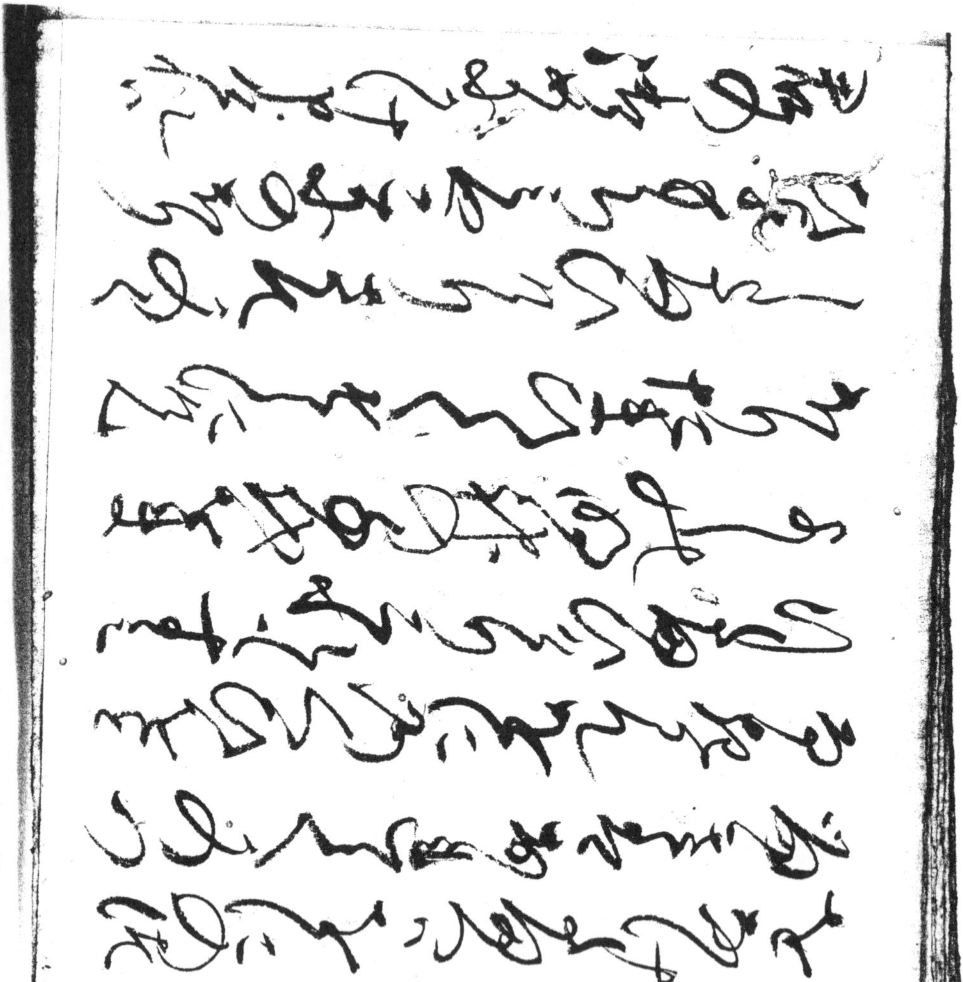

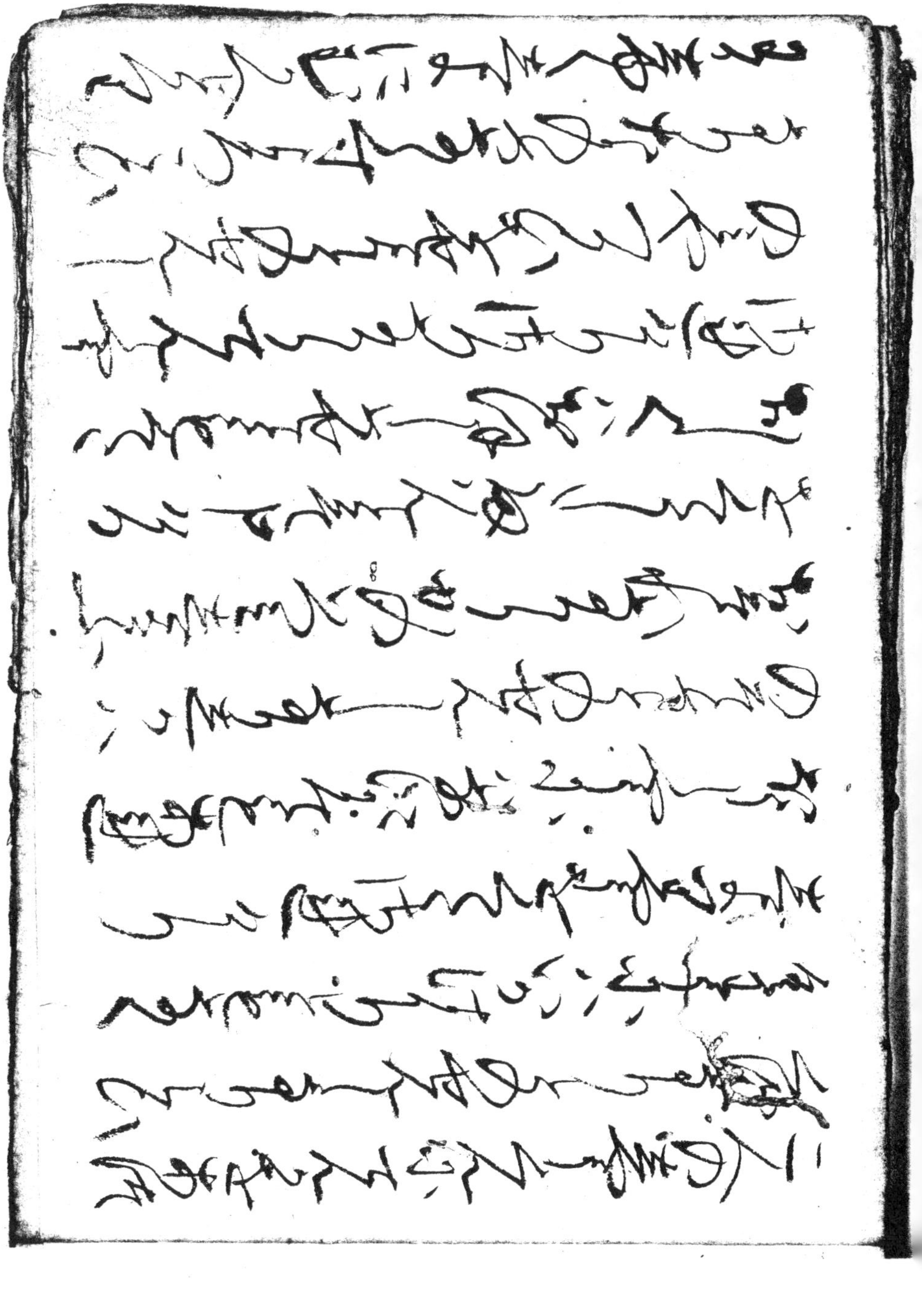

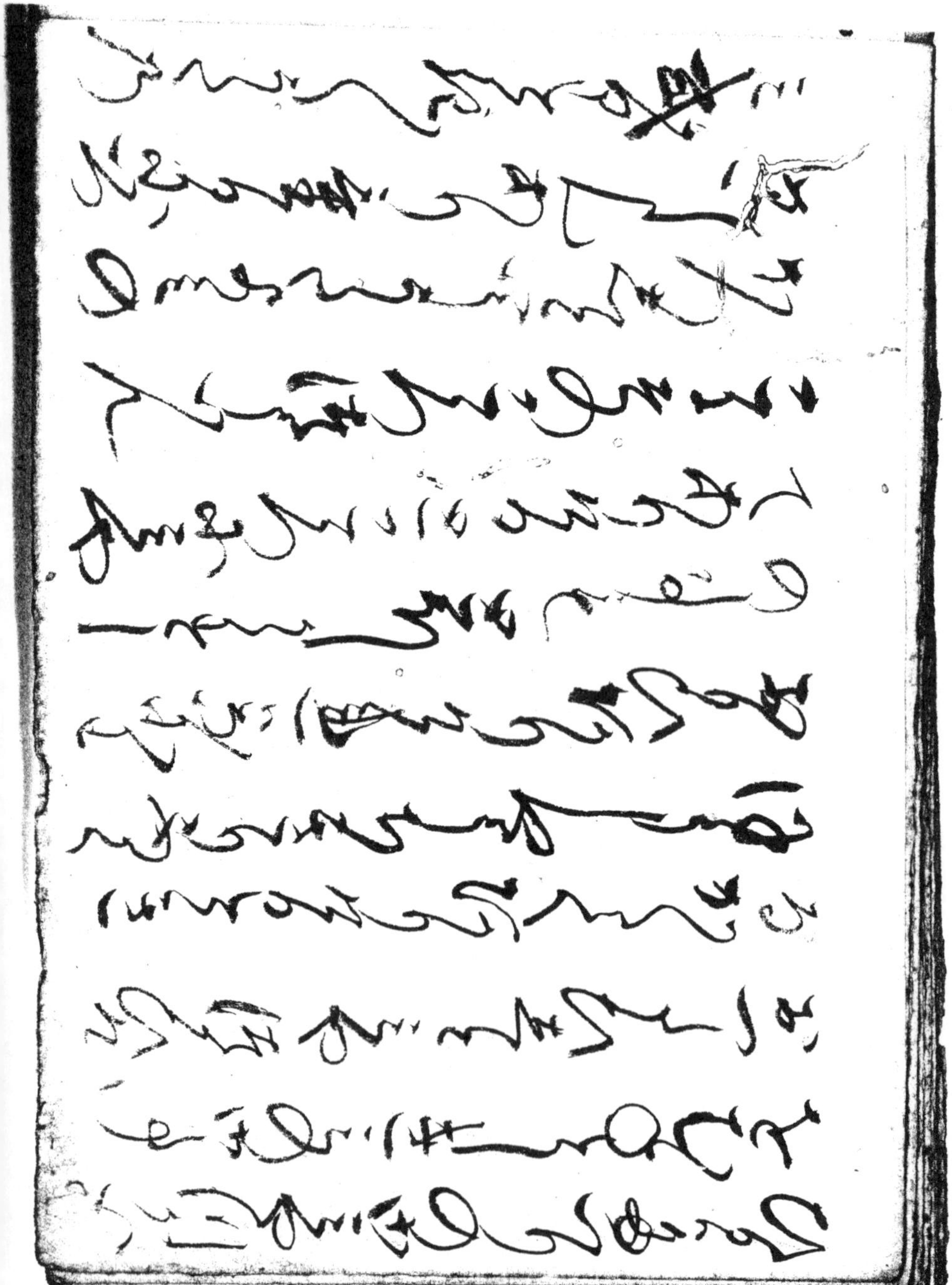

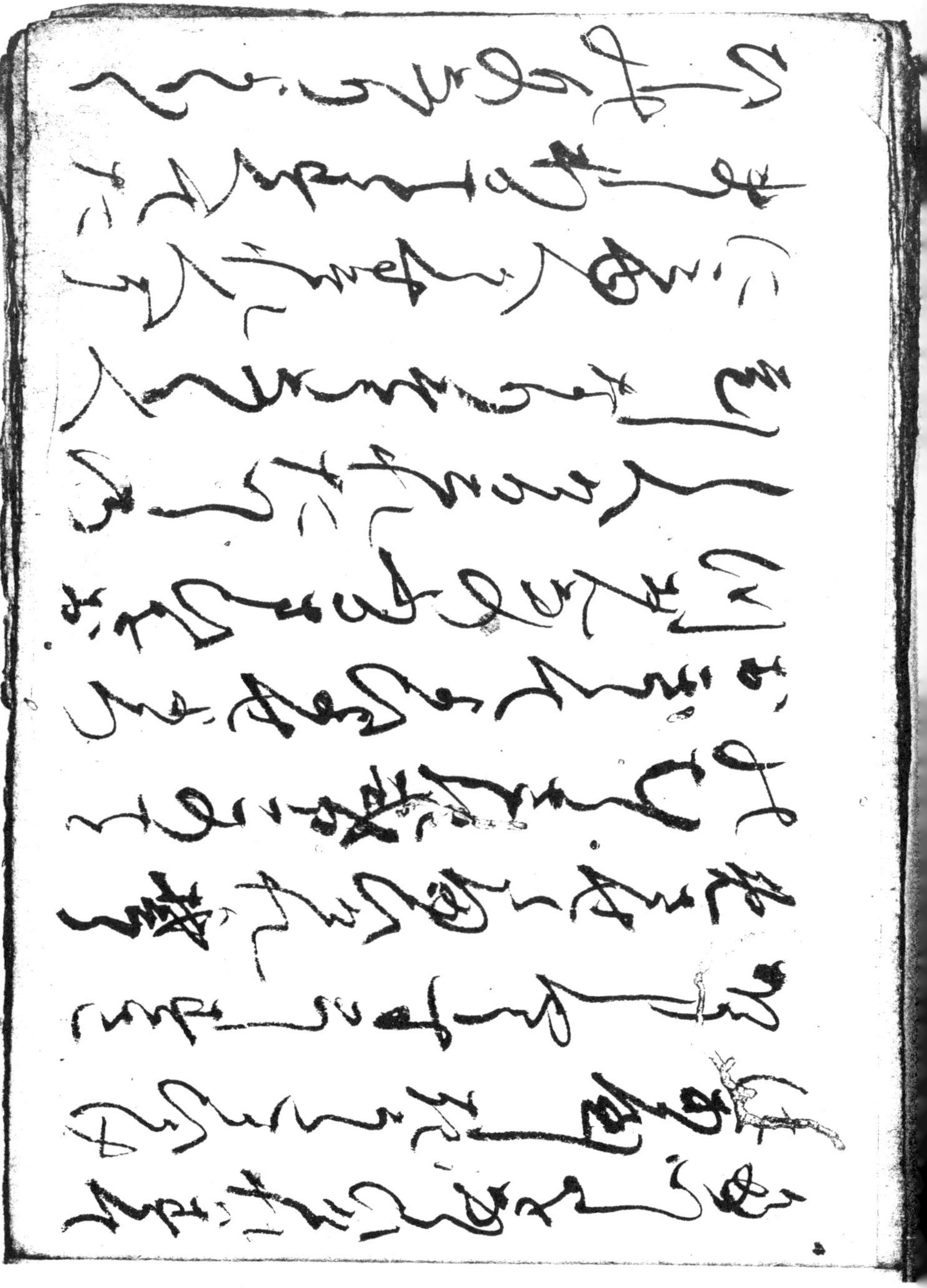

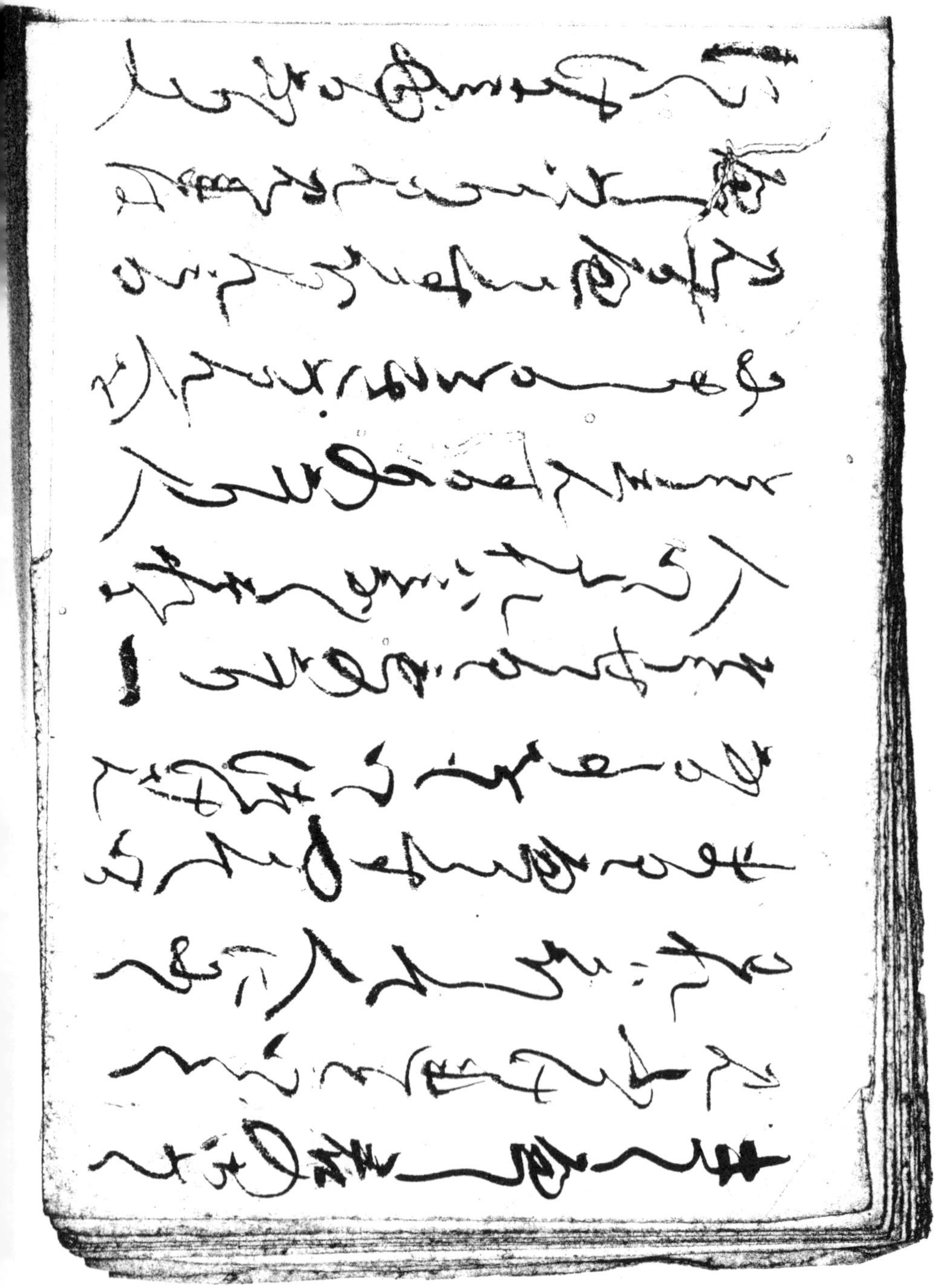

まうつゝあらそひかんら
いずみおしきすら
なそくのまへはまれて
まうしけるへしさ
のこらずたちきてたく
うまくのねうらせんを
るふきやしくわしくい
うともまれきうちはち
してゆへうすへのこい
かけいすうしいてまて
いつしやうまでにて給
そのにうりけうさうき

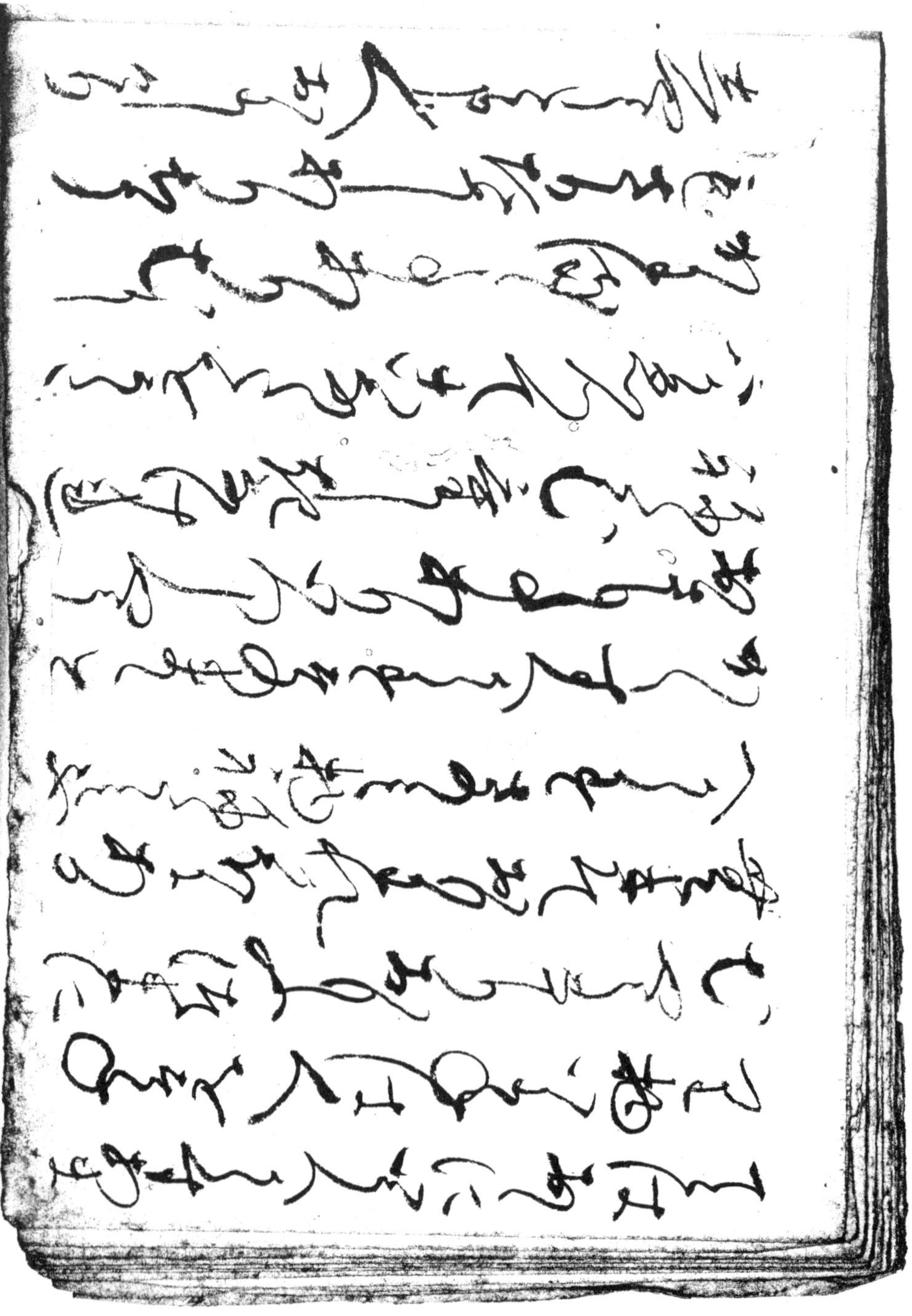

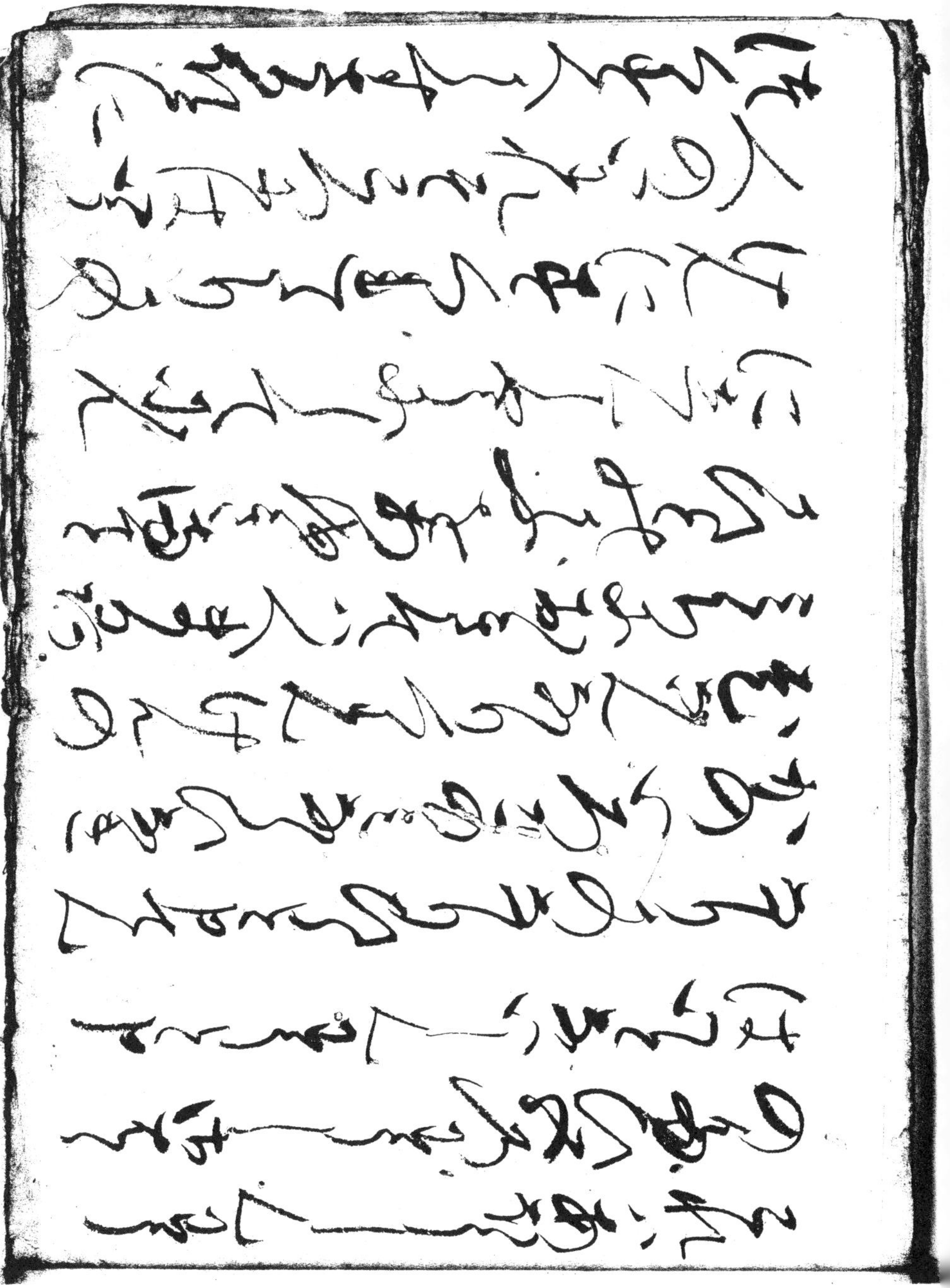

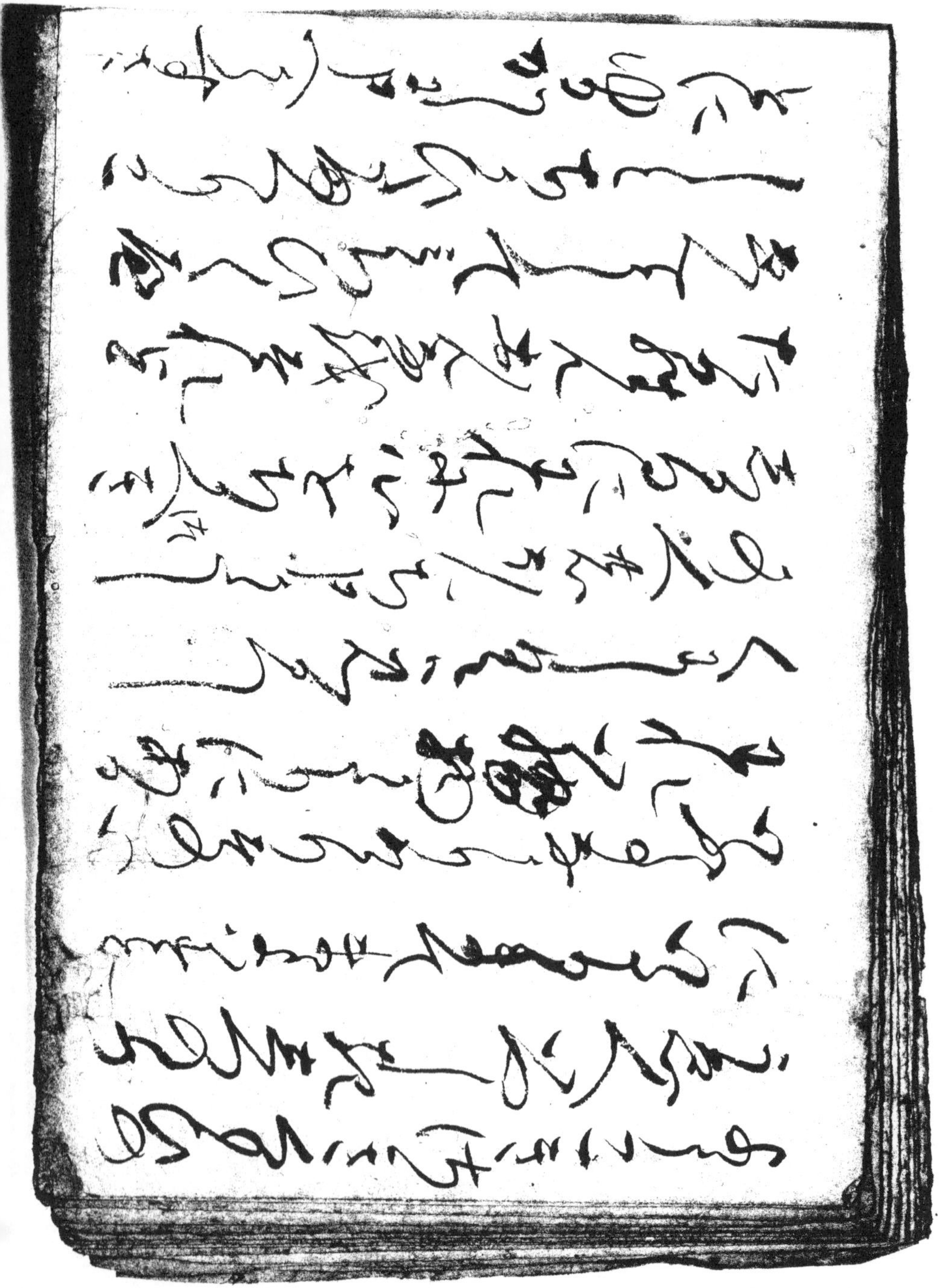

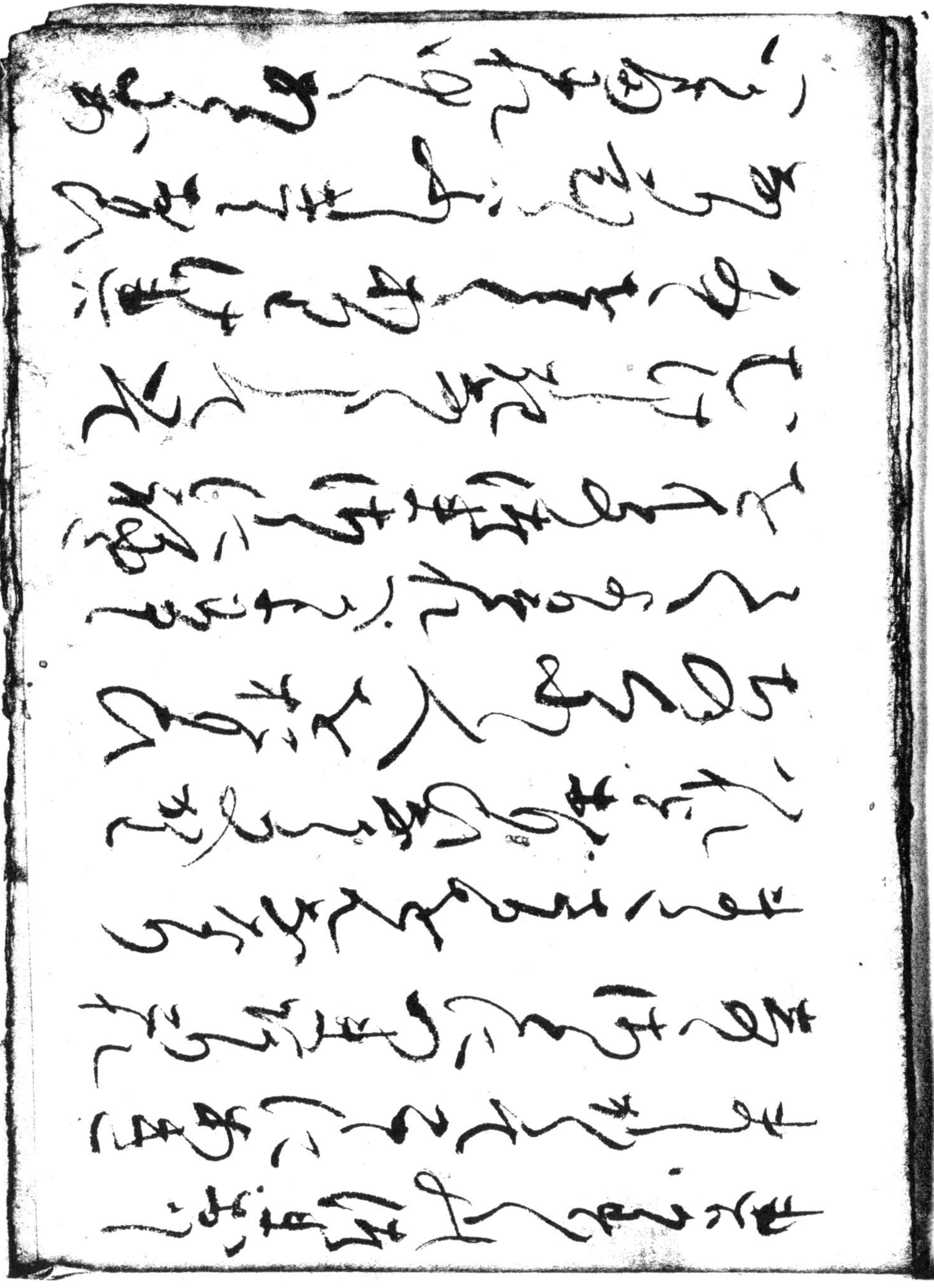

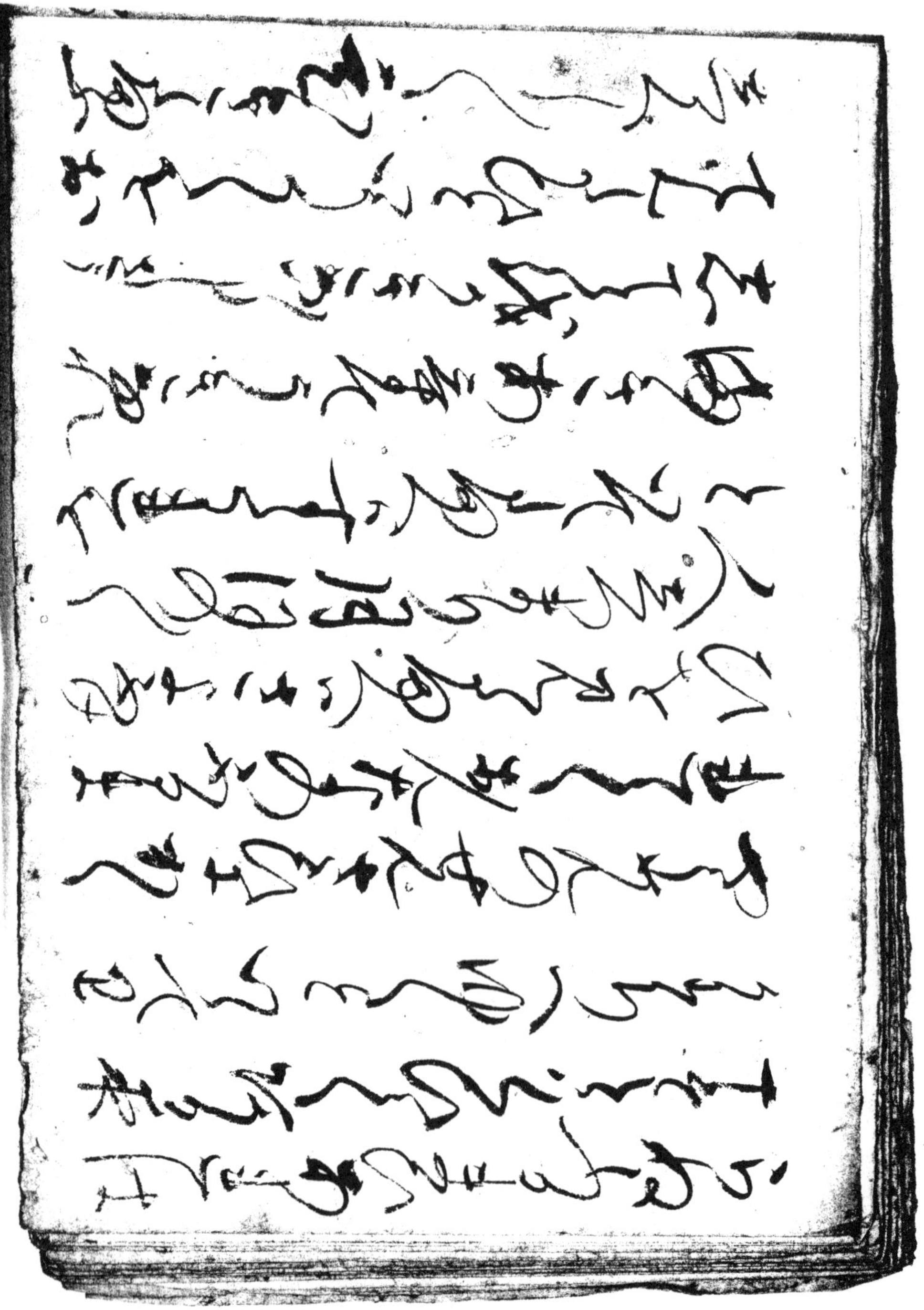

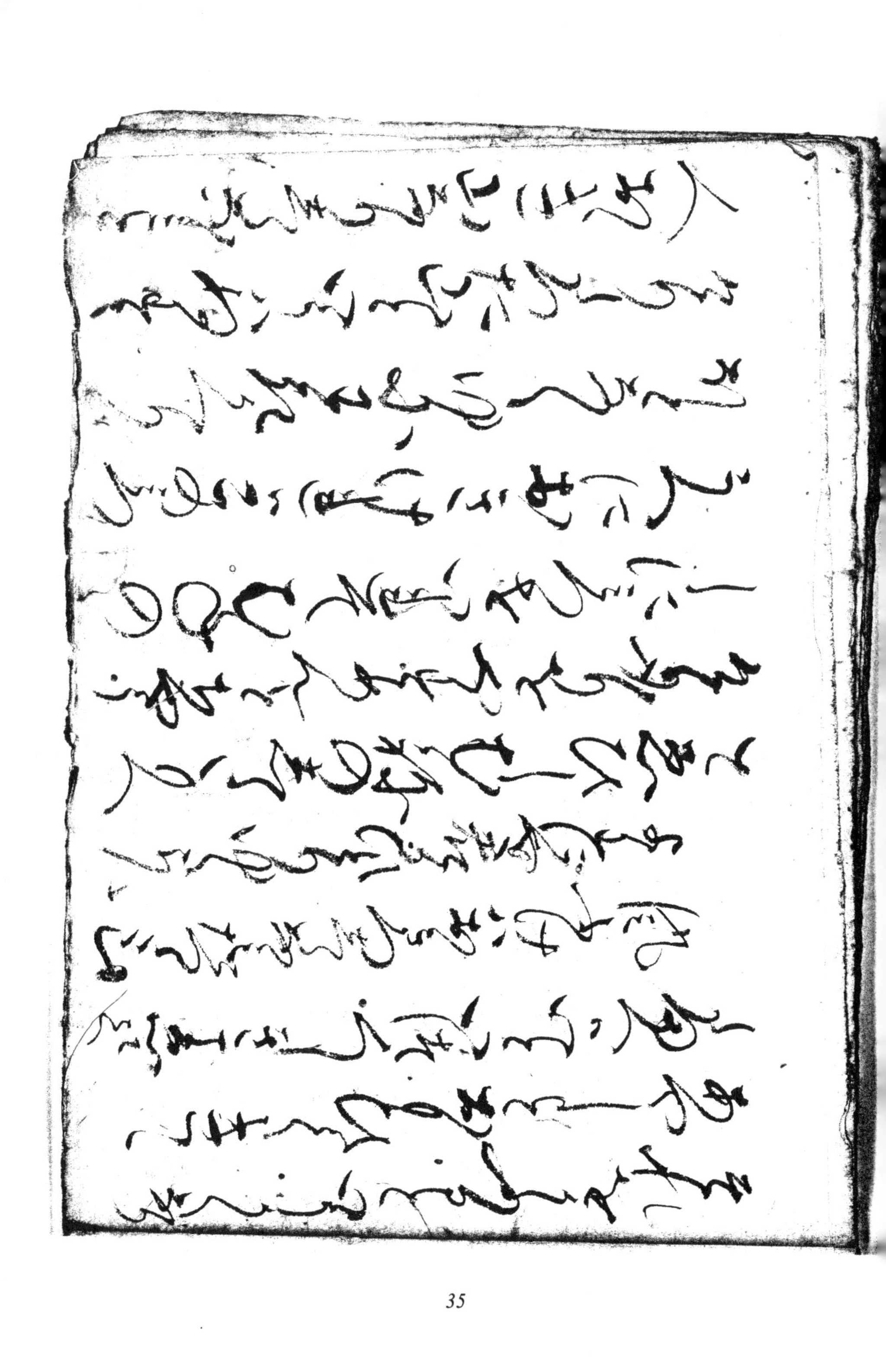

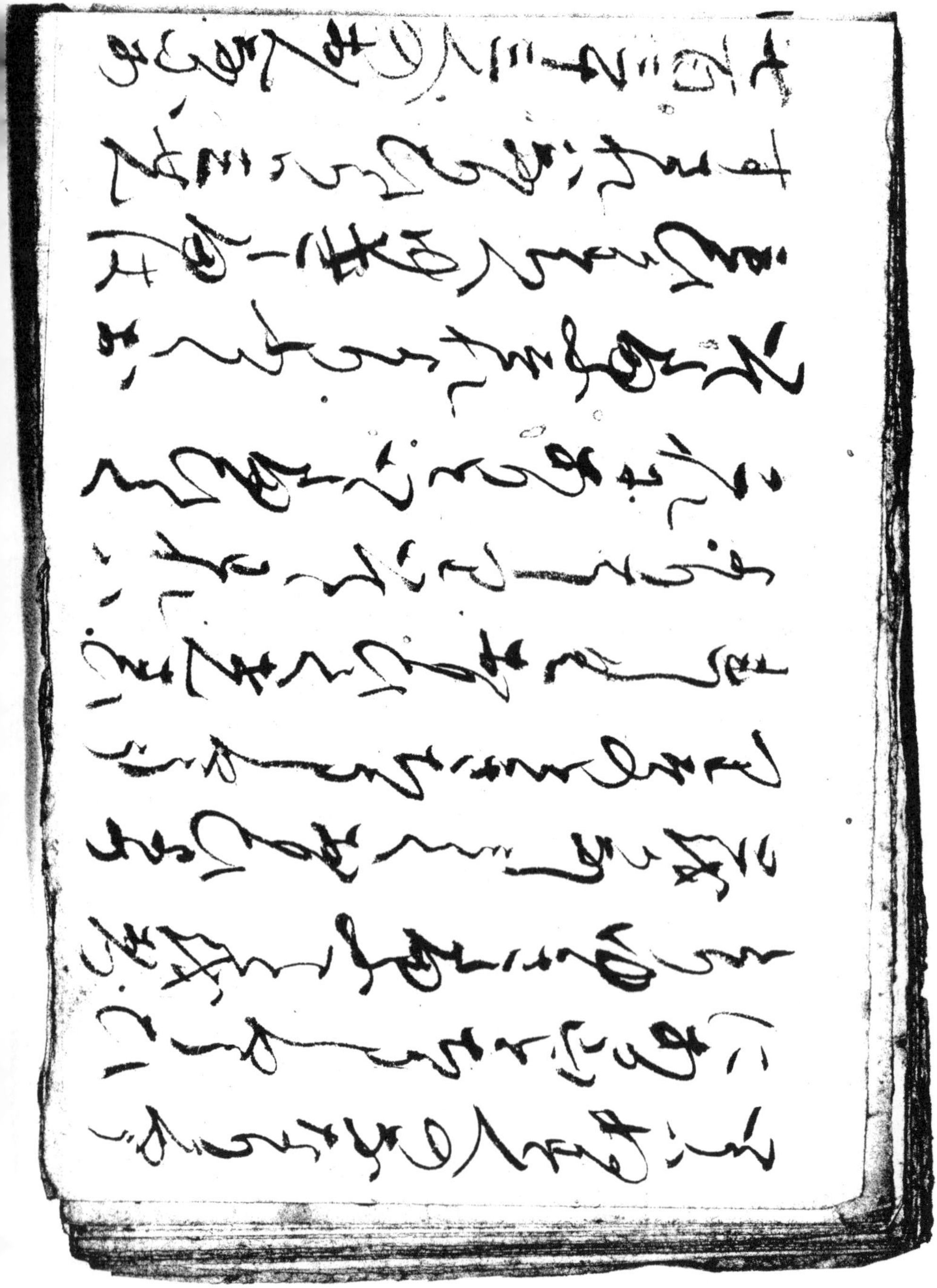

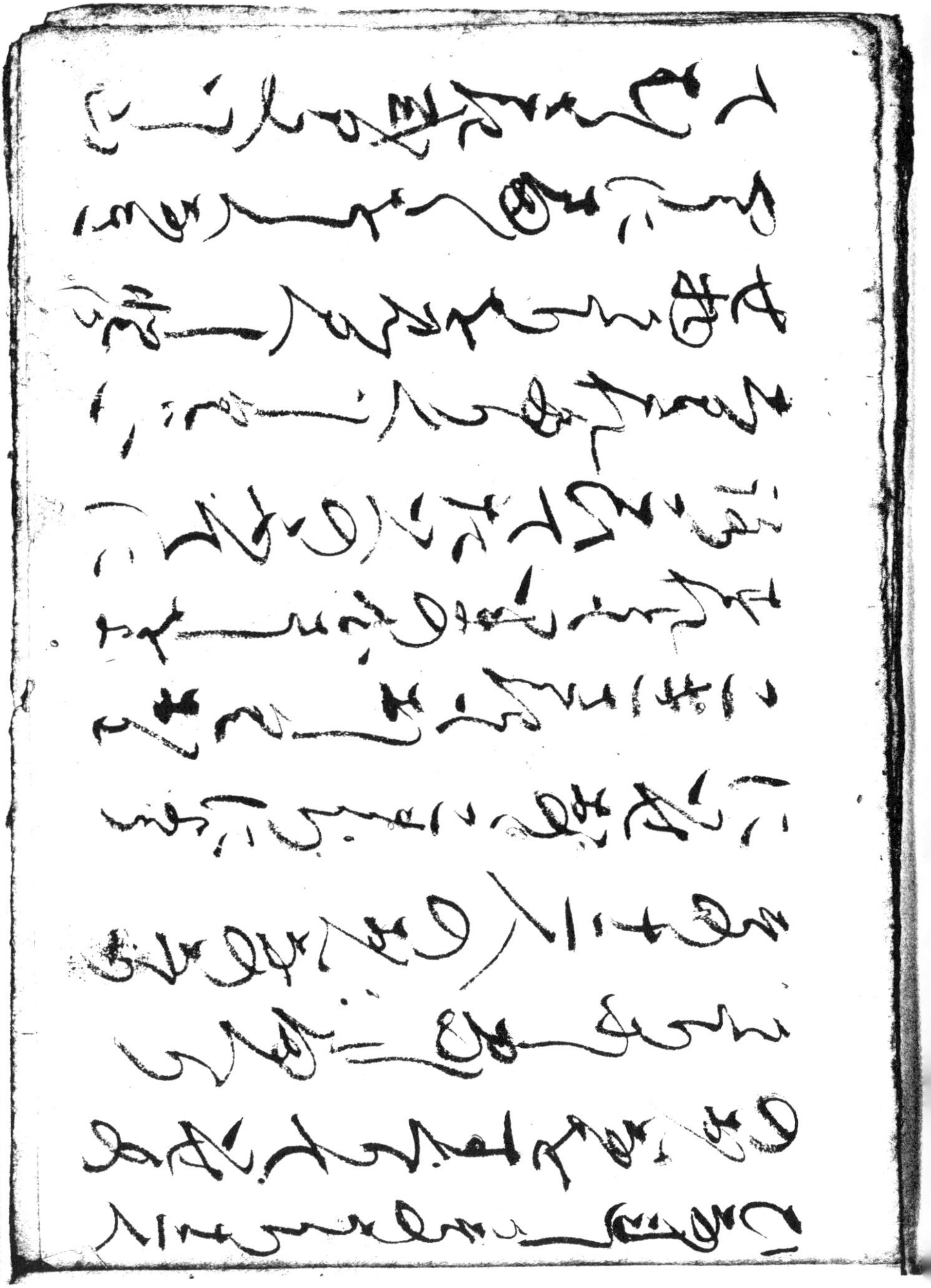

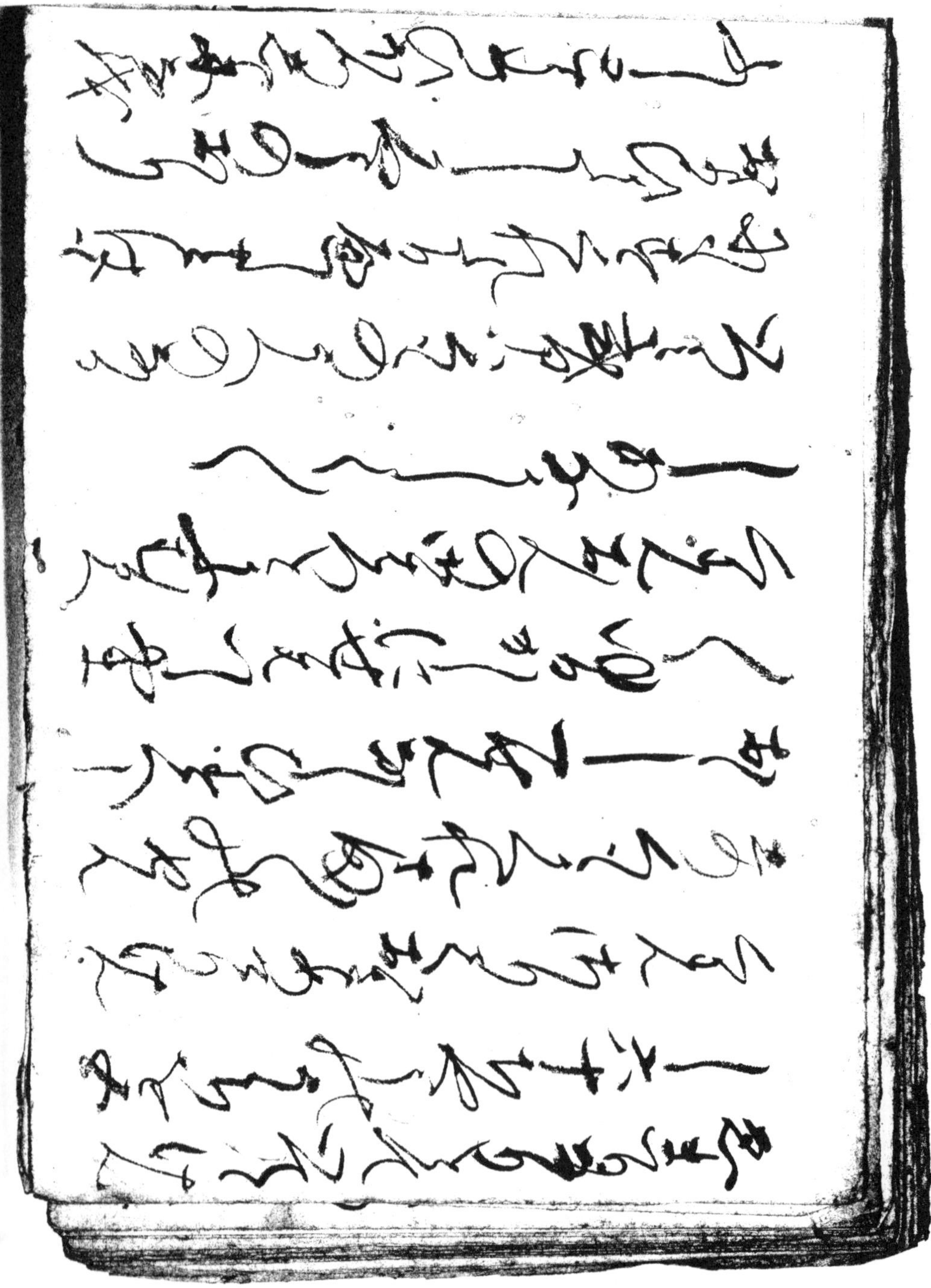

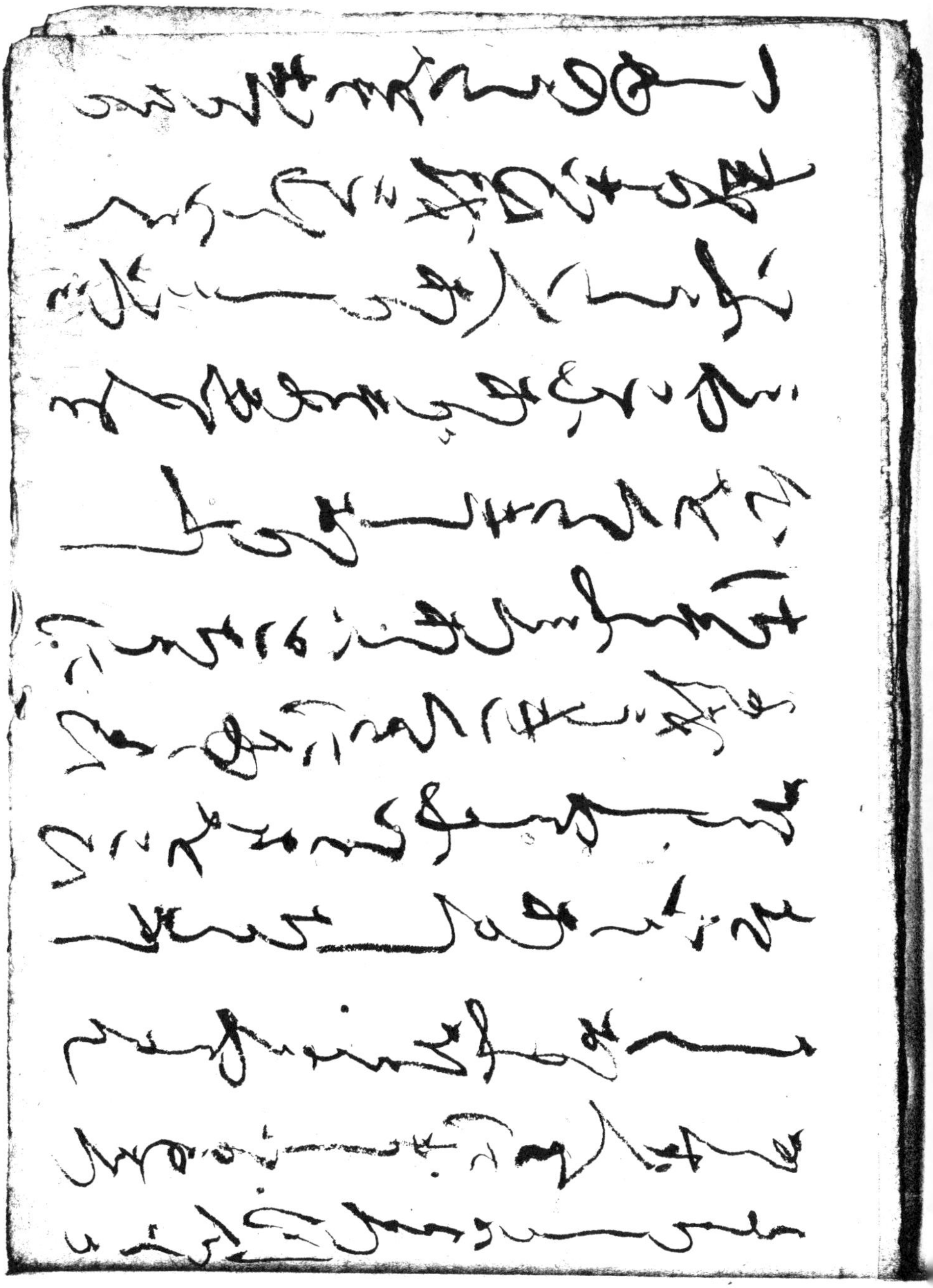

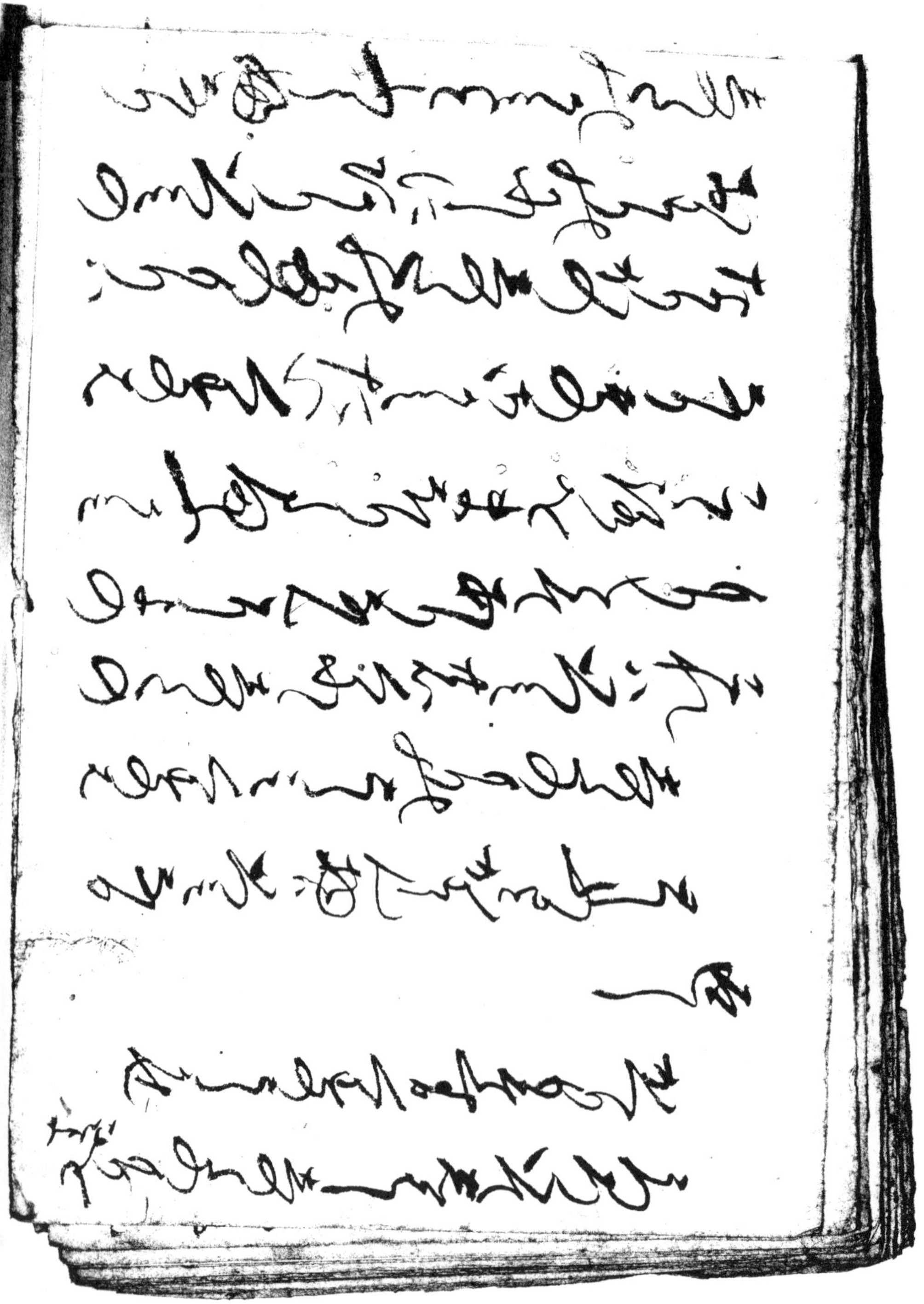

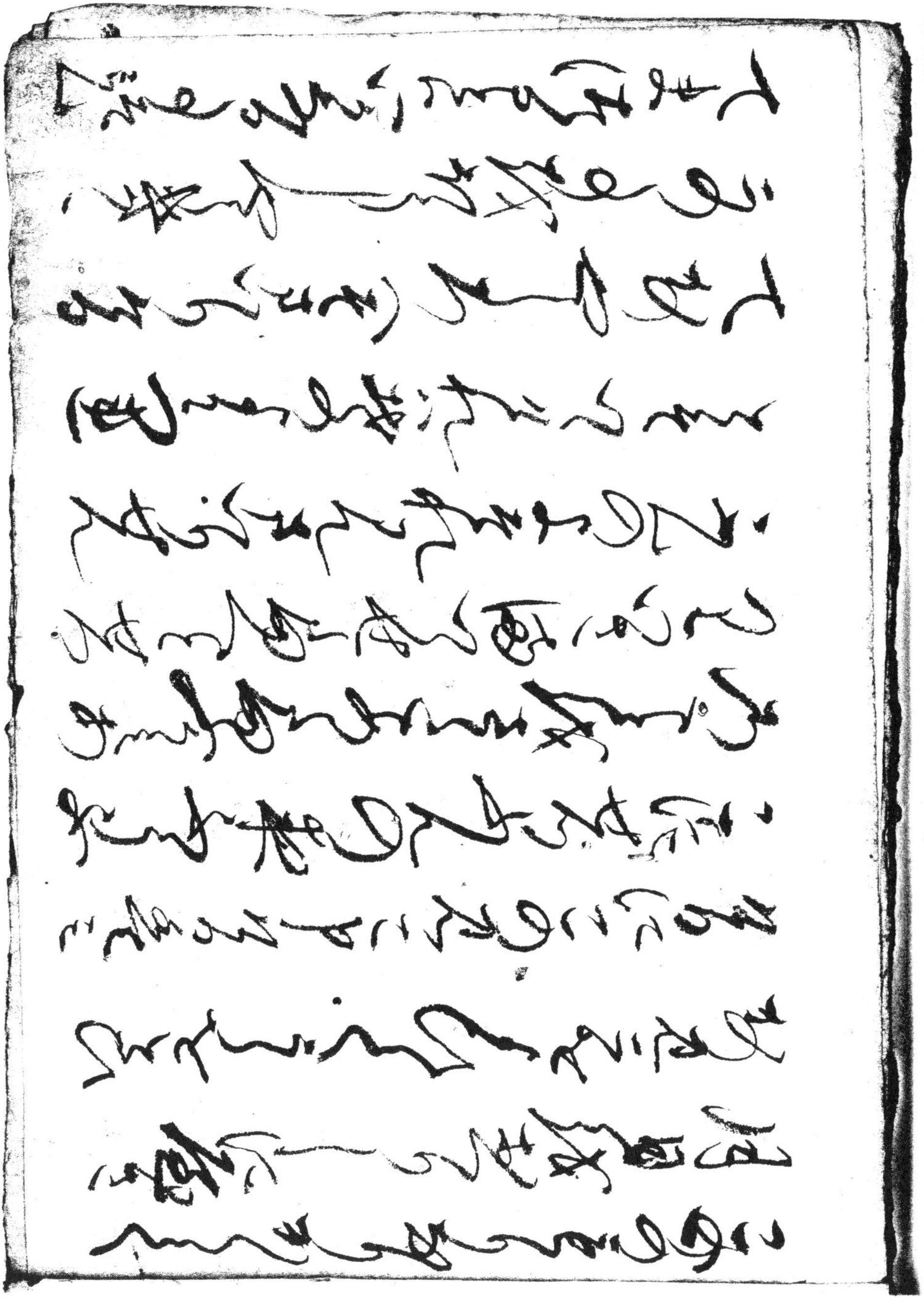

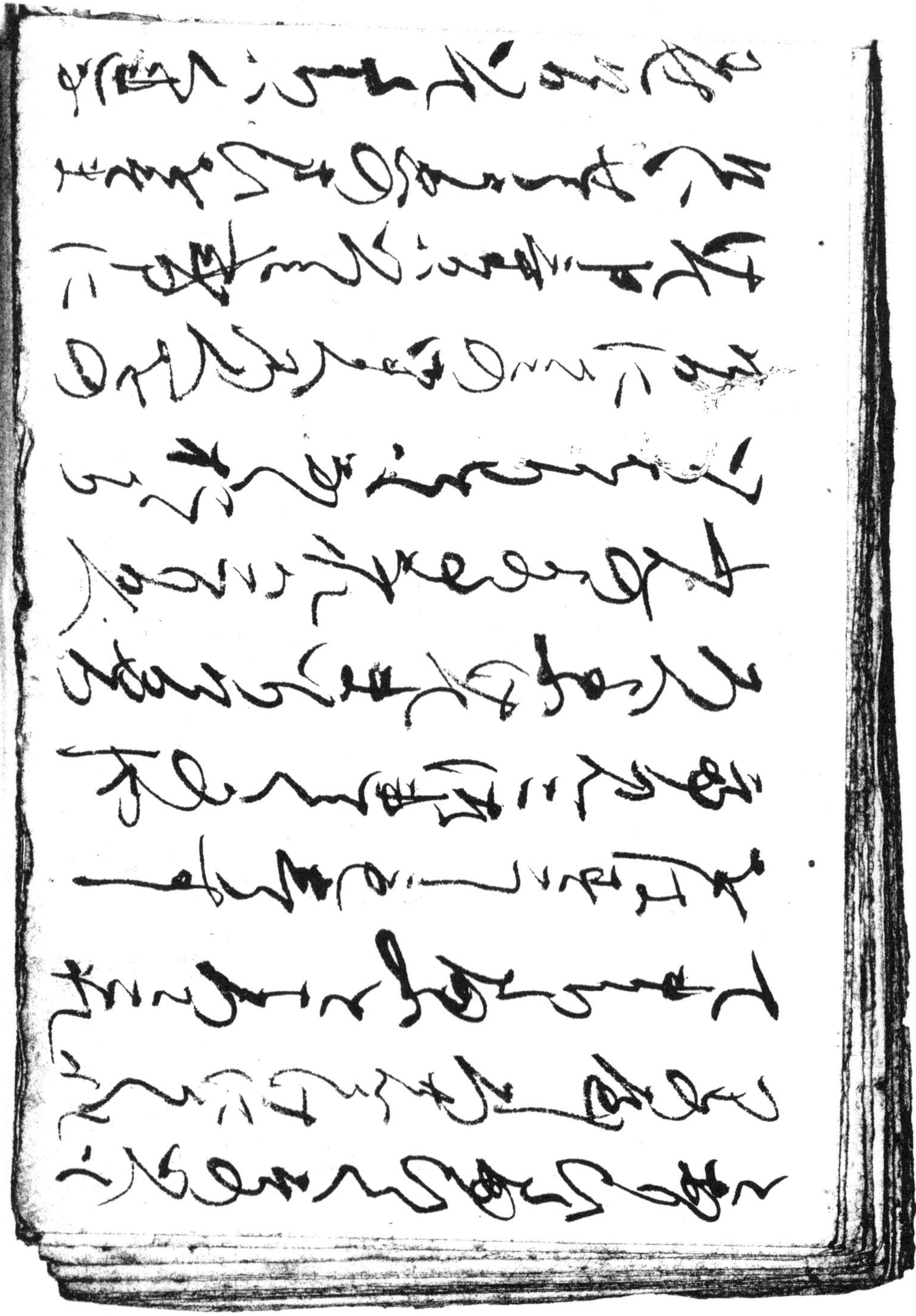

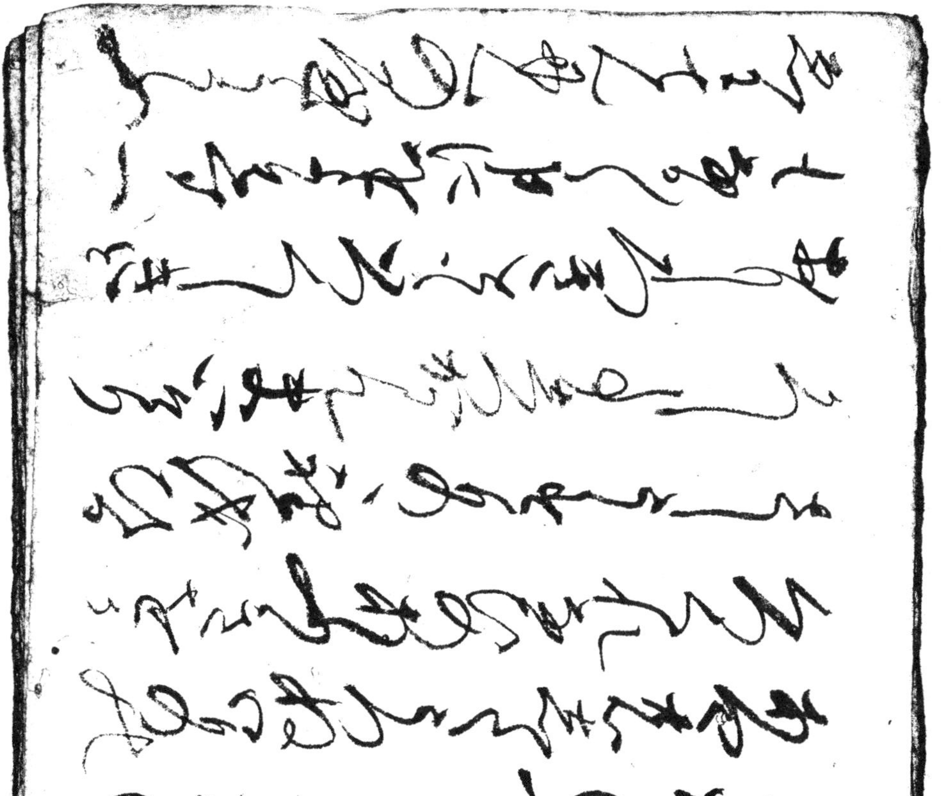

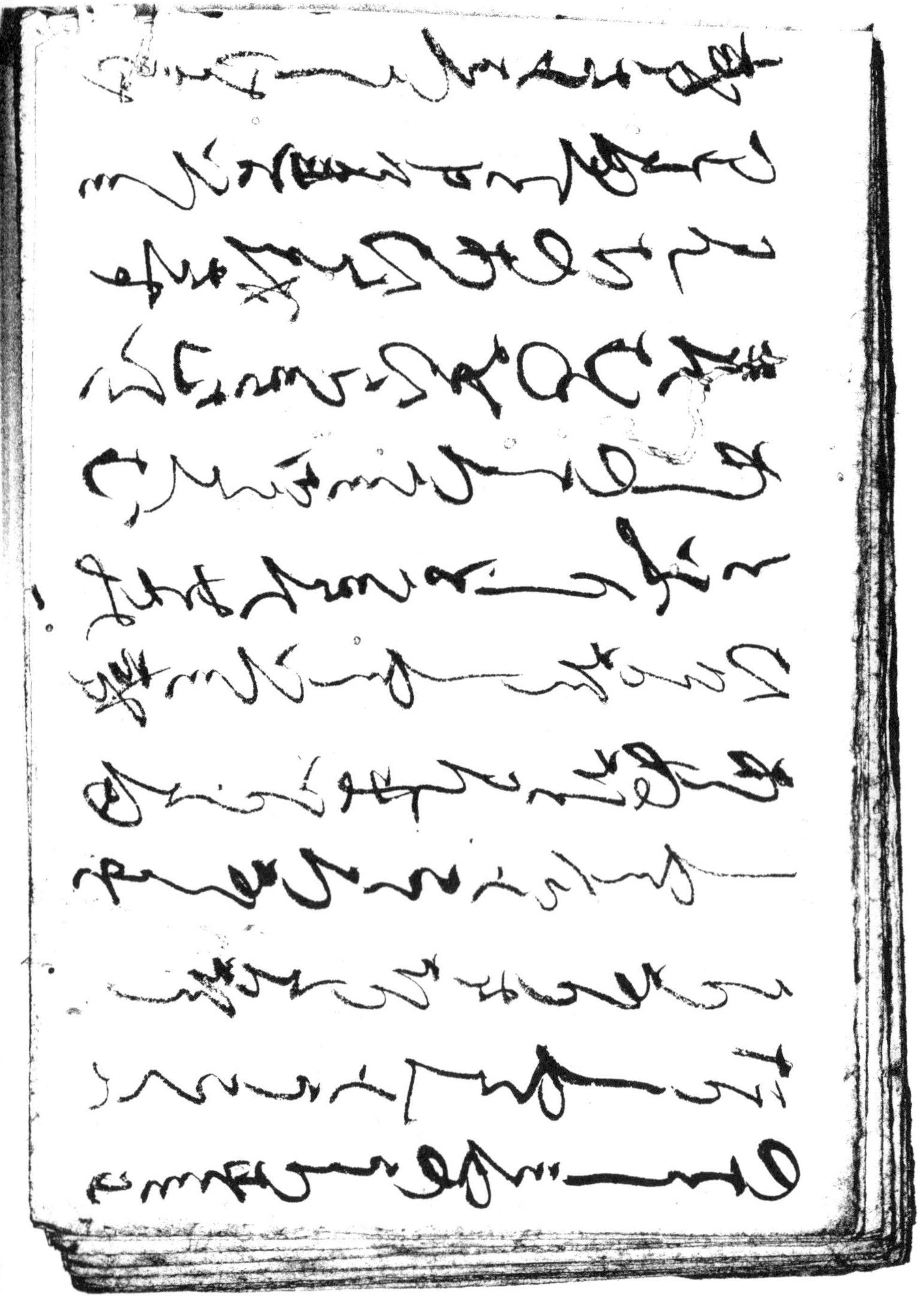

こりはもはうらこなかりし
くみ屋うつりかれちらせたに
あいくつてしかしやうこ
れときてさくやしになりものり
とてもすめてしもうこら
ゆきをくしてきもり
らうぬうれとおもひぬ
さらくきてしゆつてあり
くにろこあそそとなか
うつてさめいつ銭さし
かさし国てうにゆふくなか
こゑをあけて

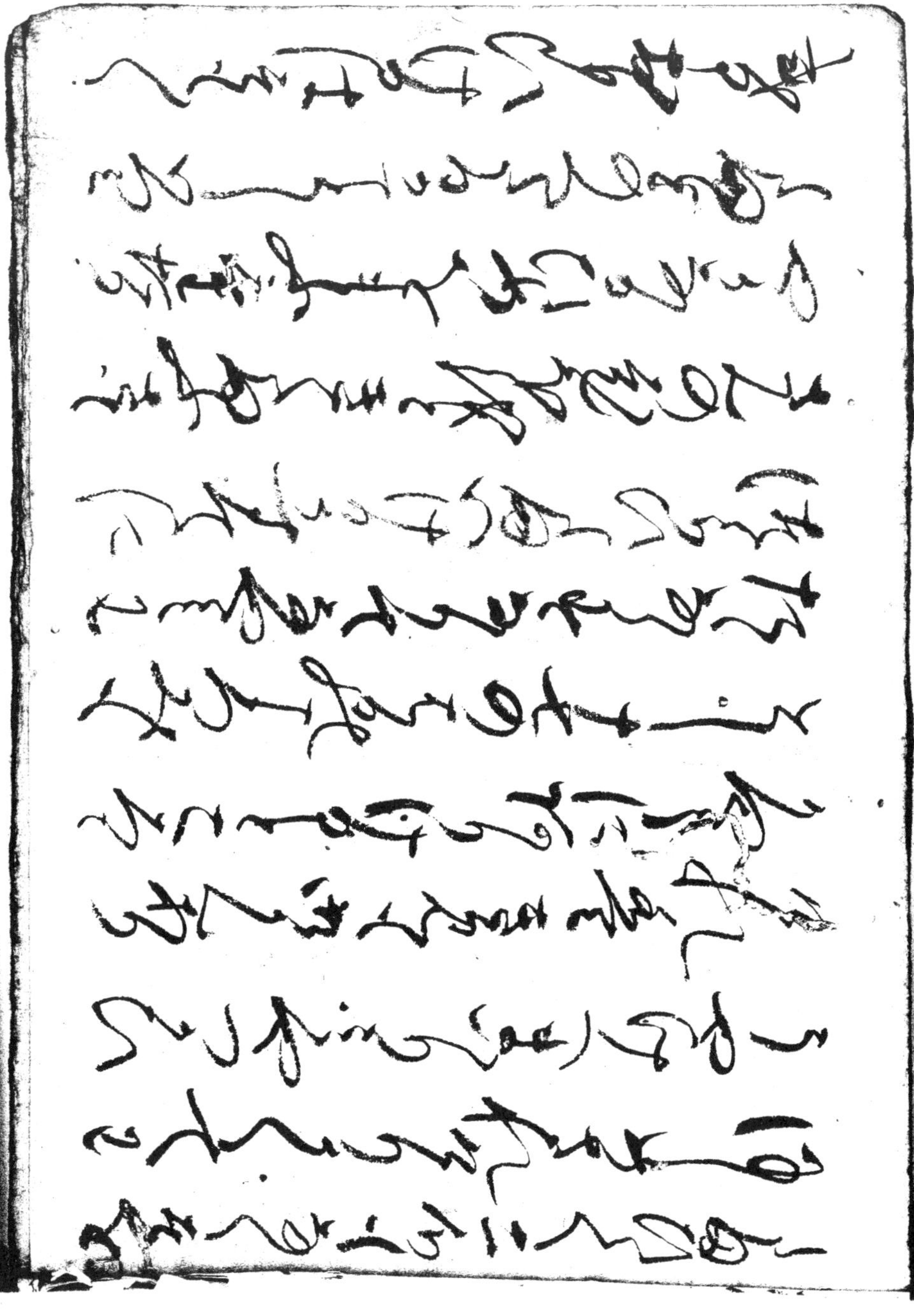

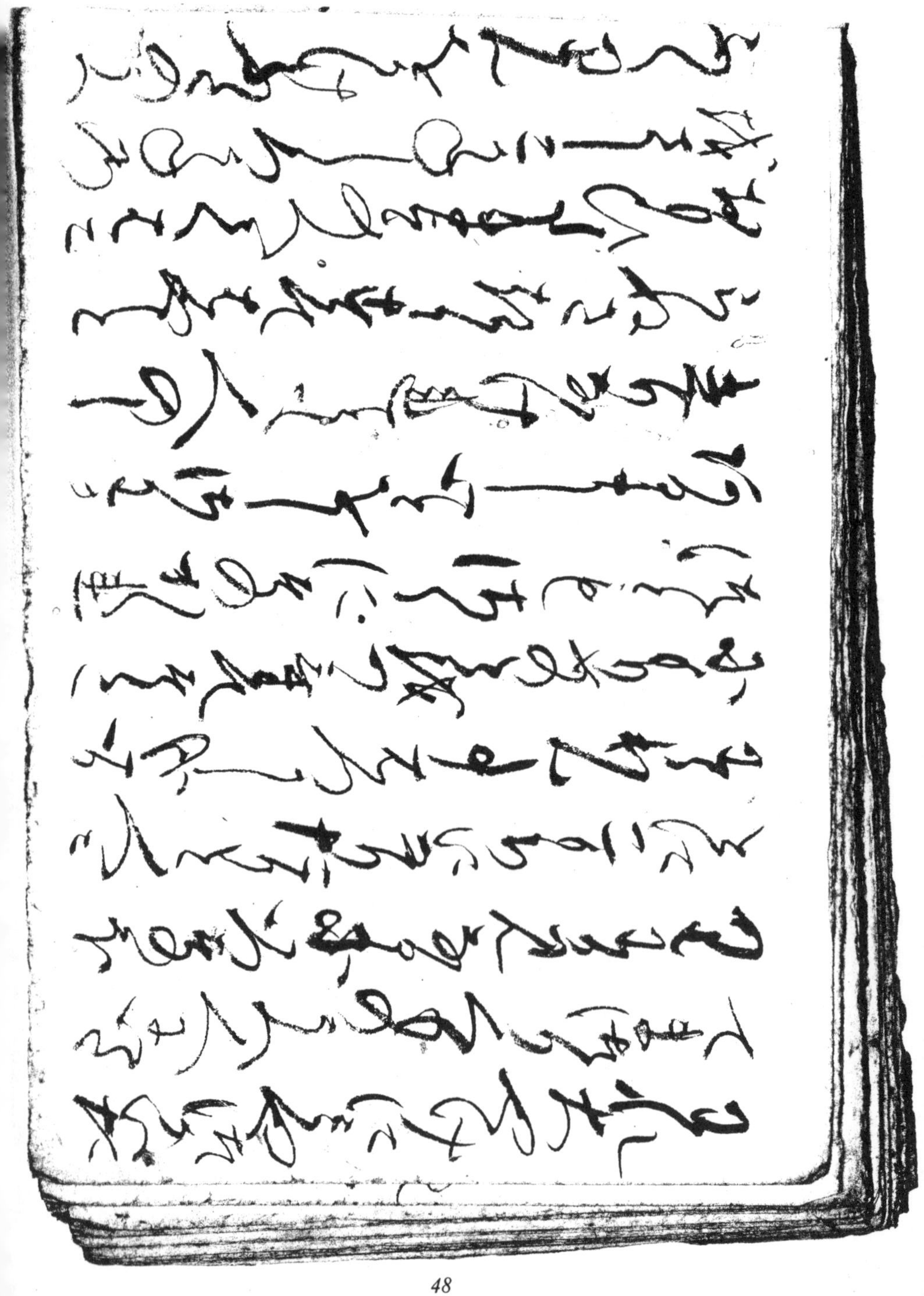

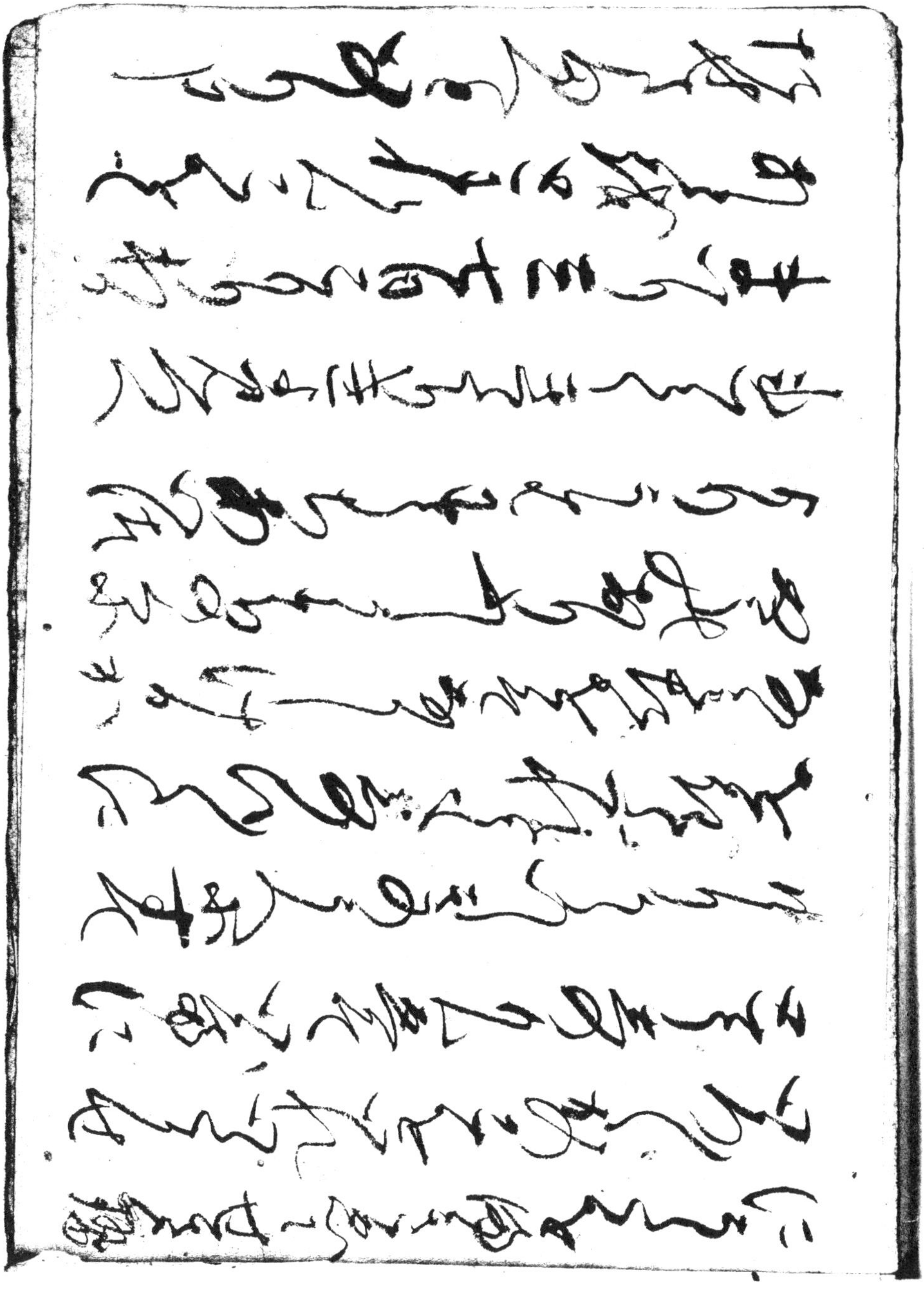

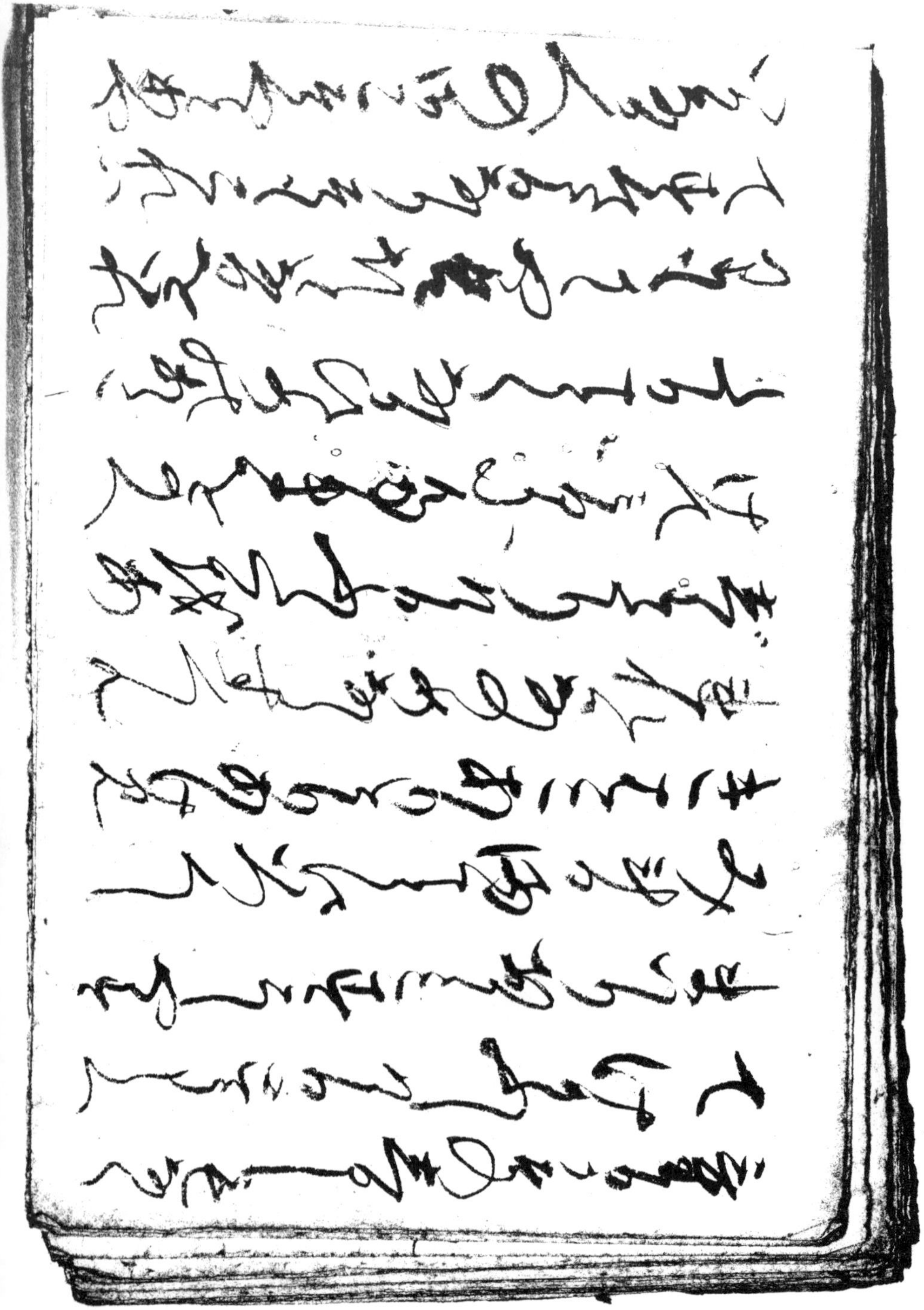

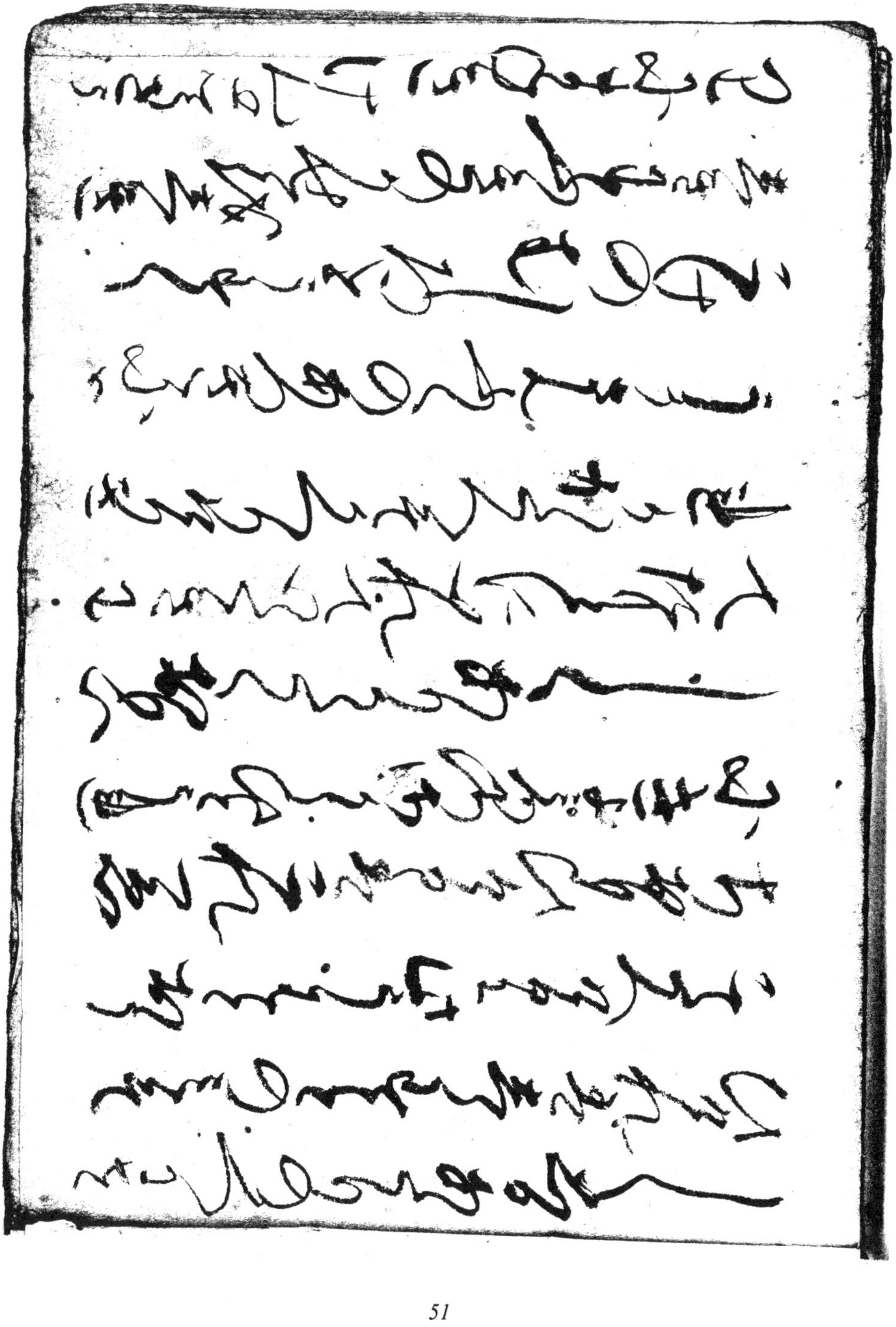

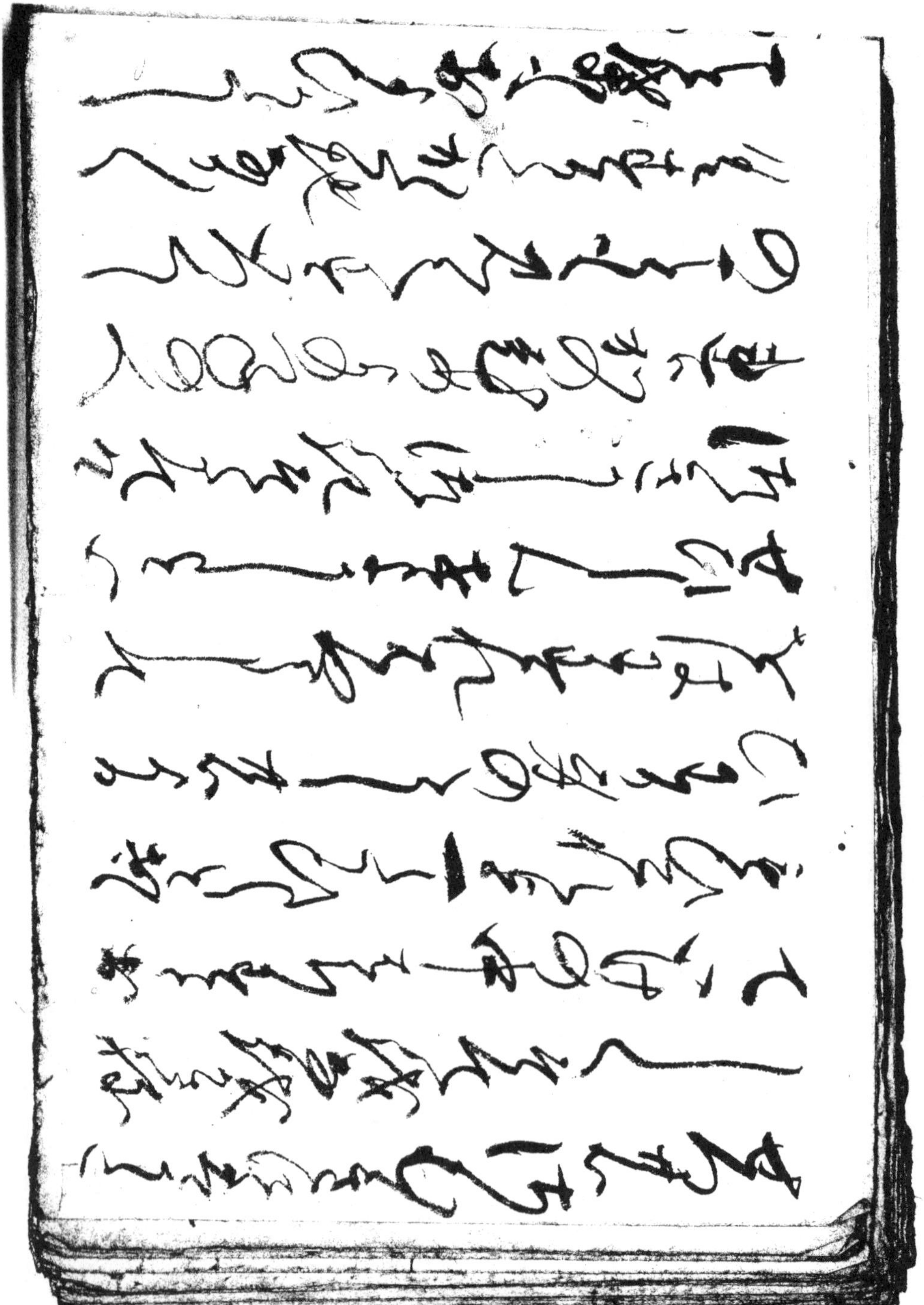

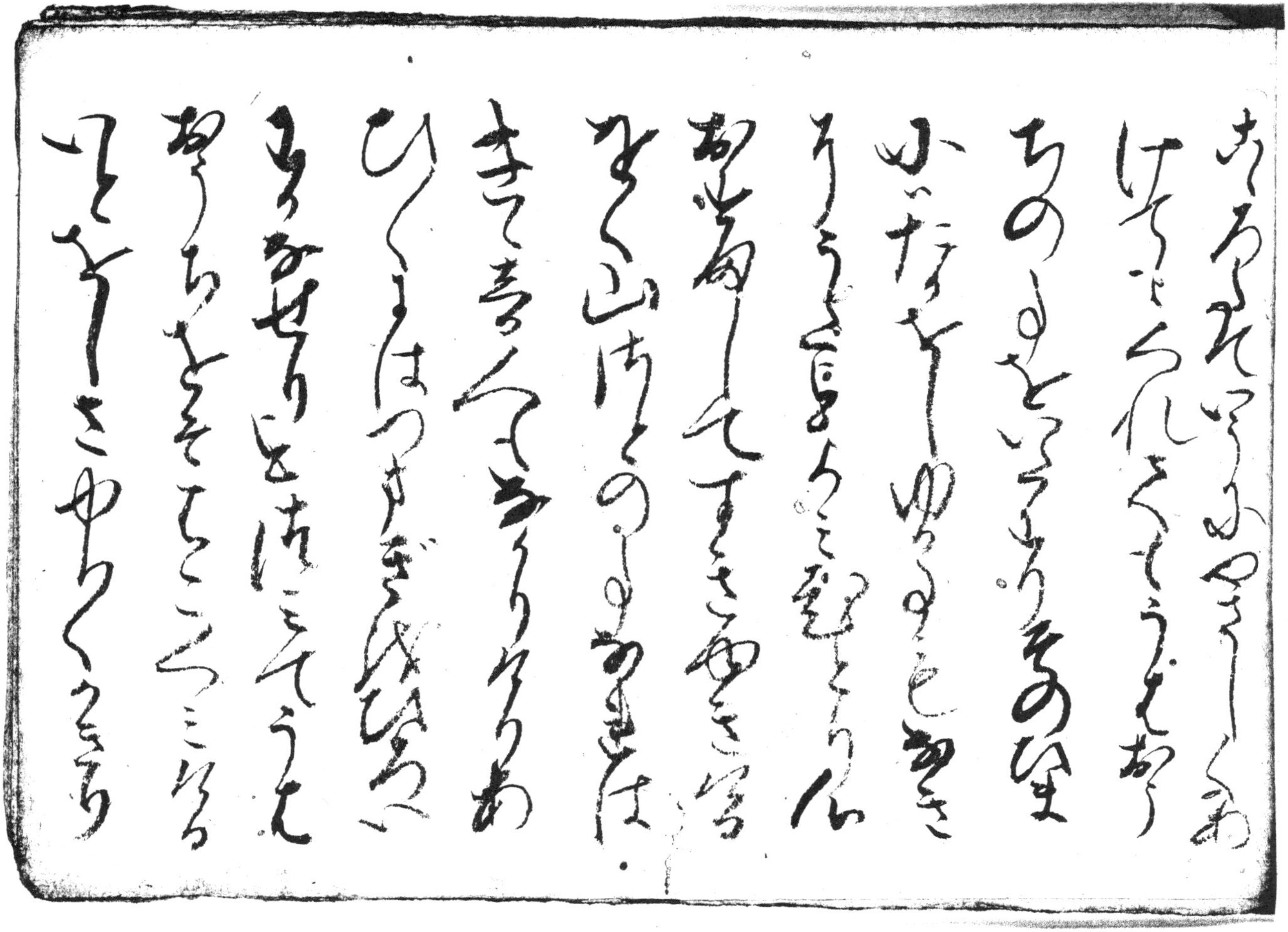

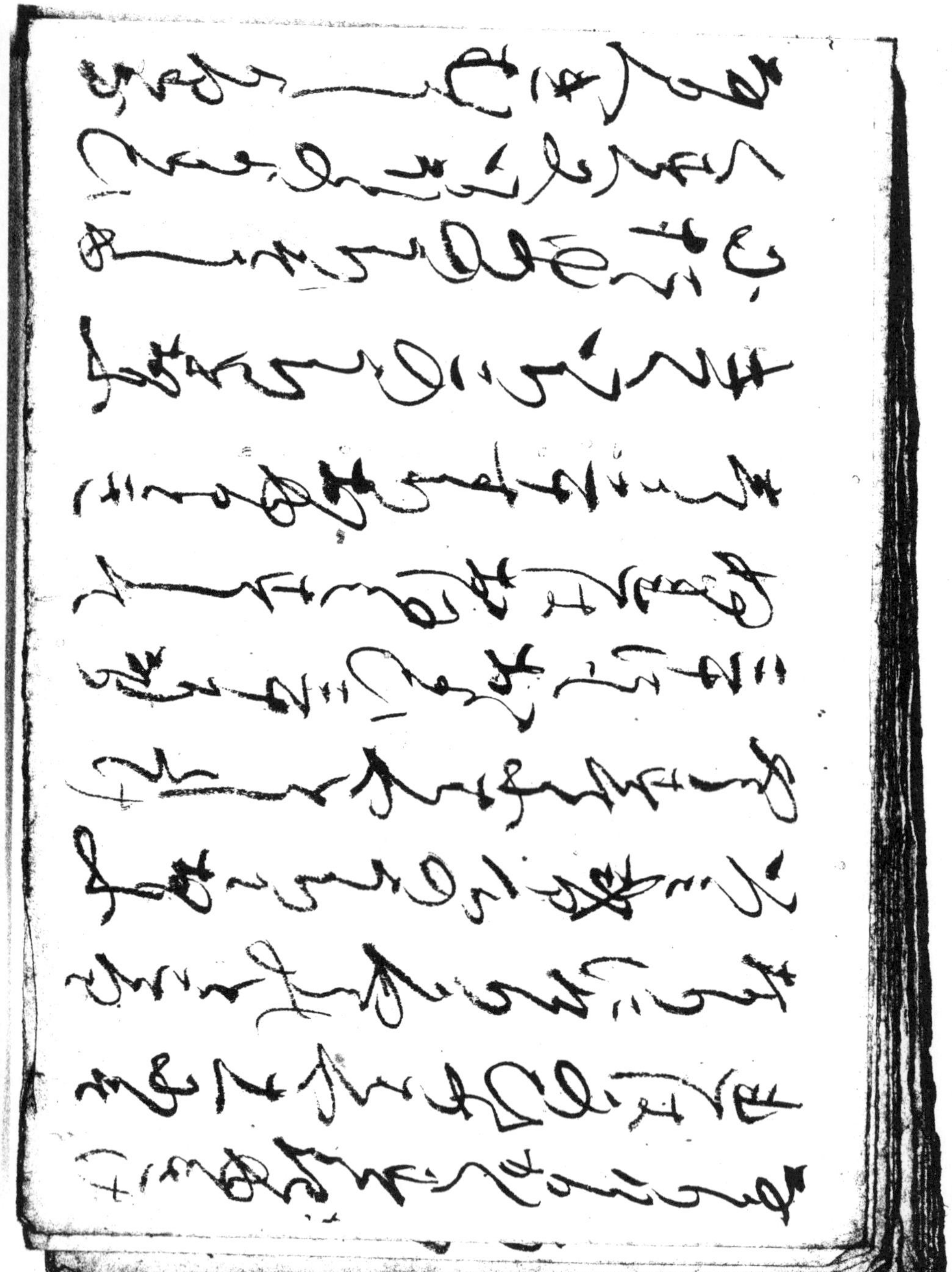

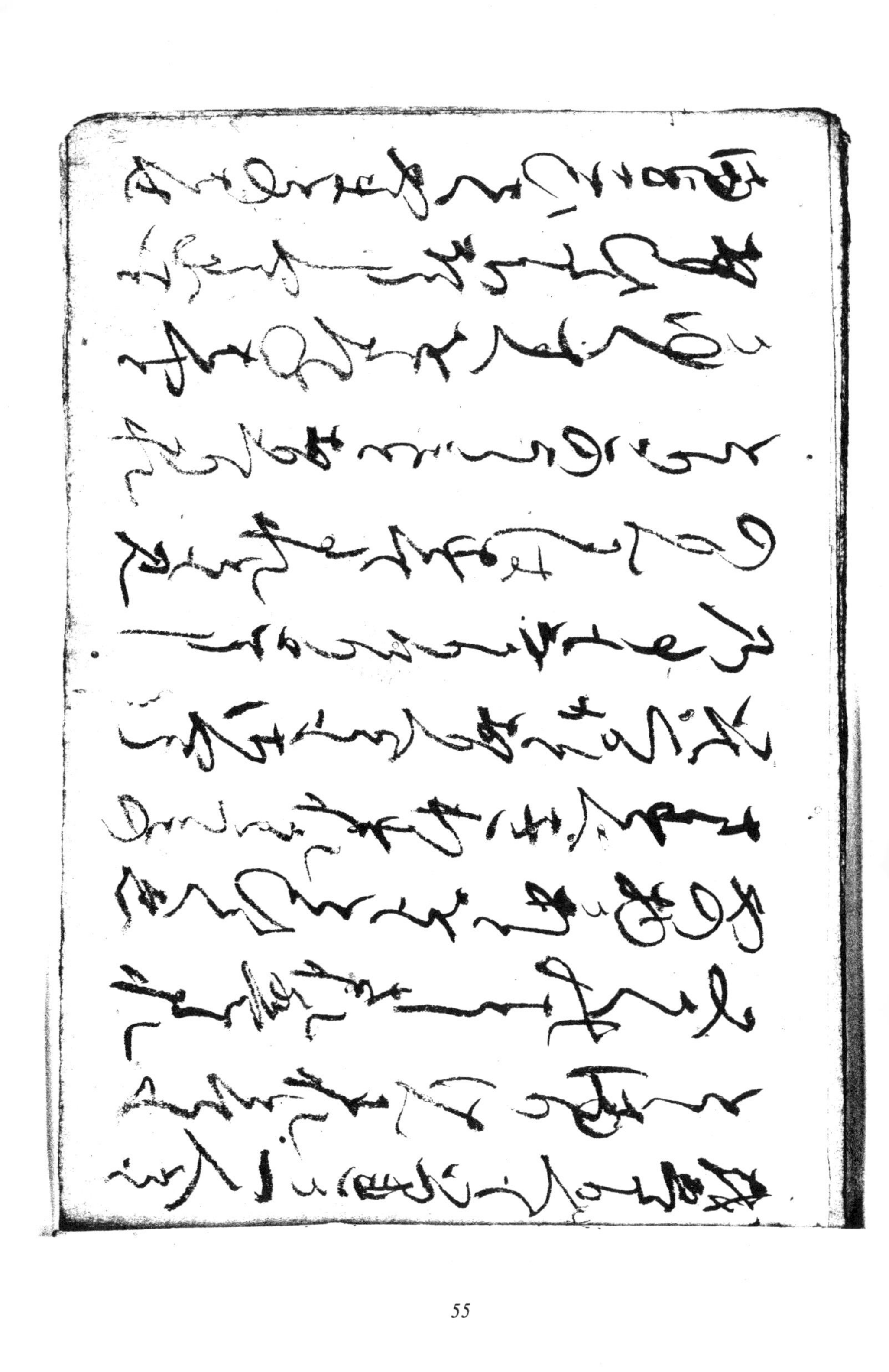

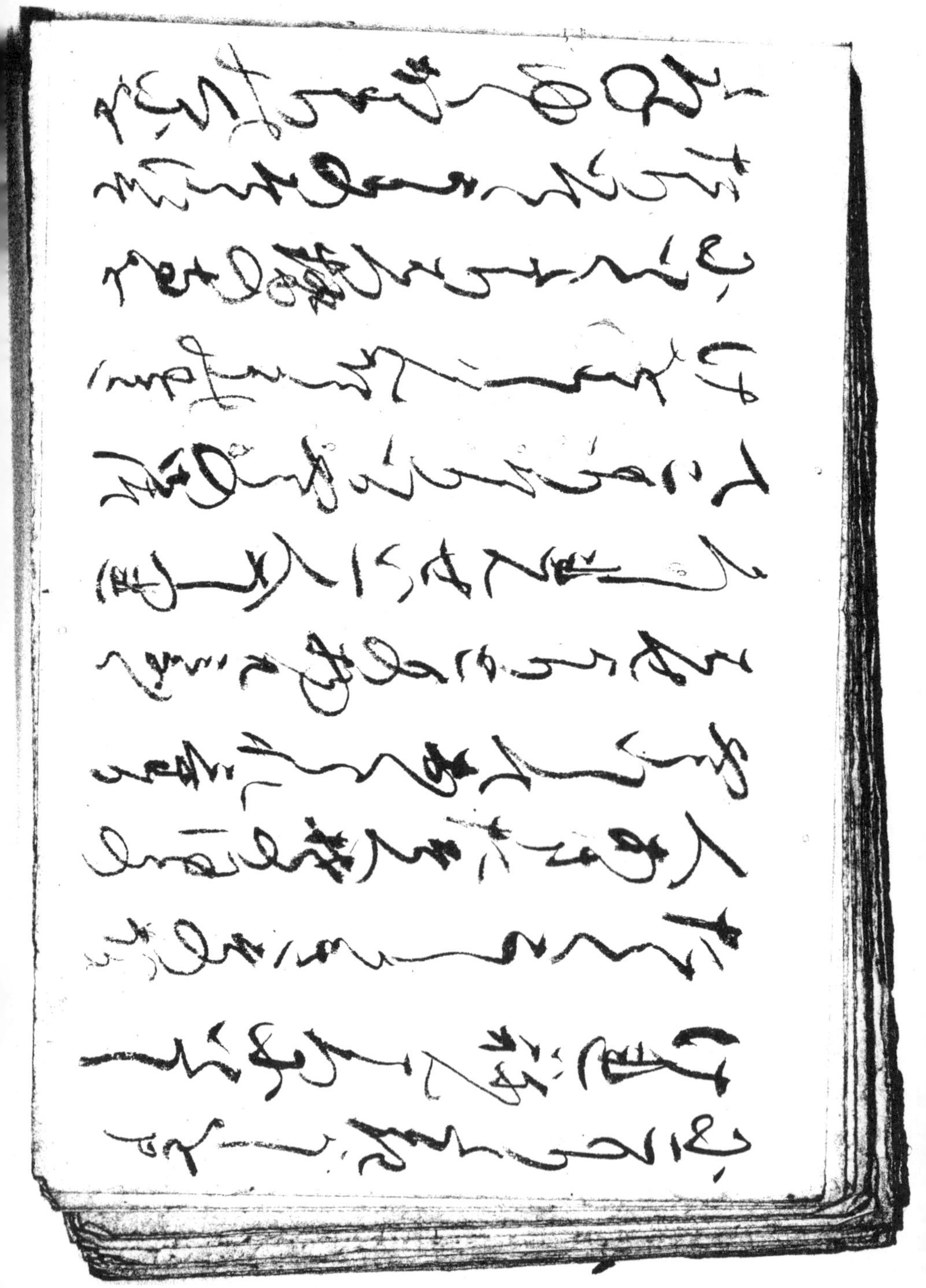

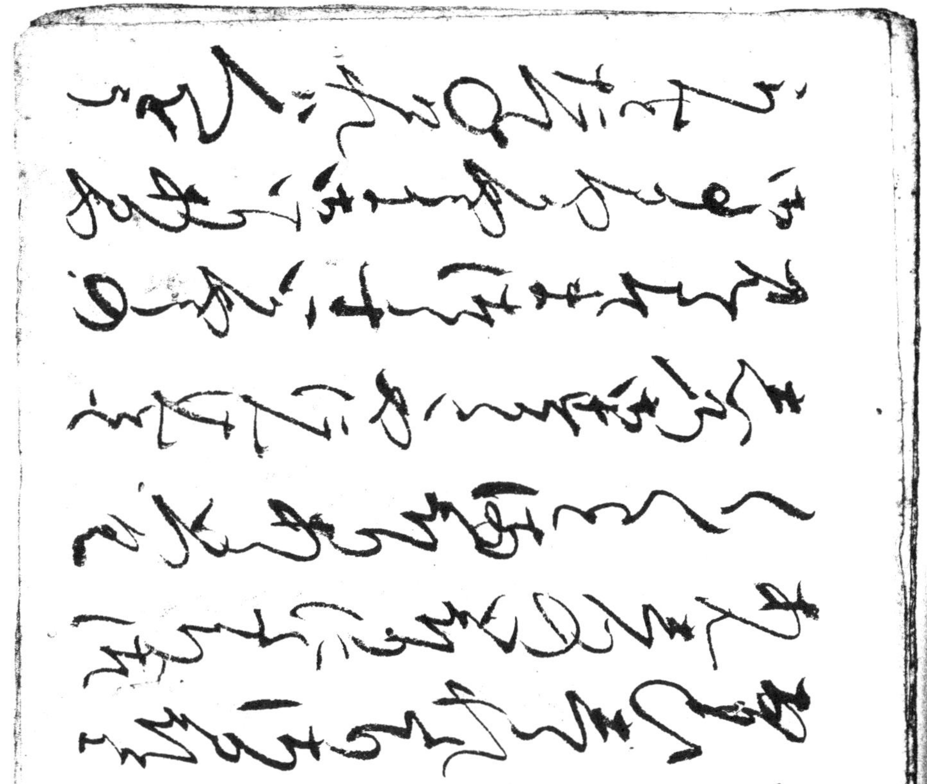

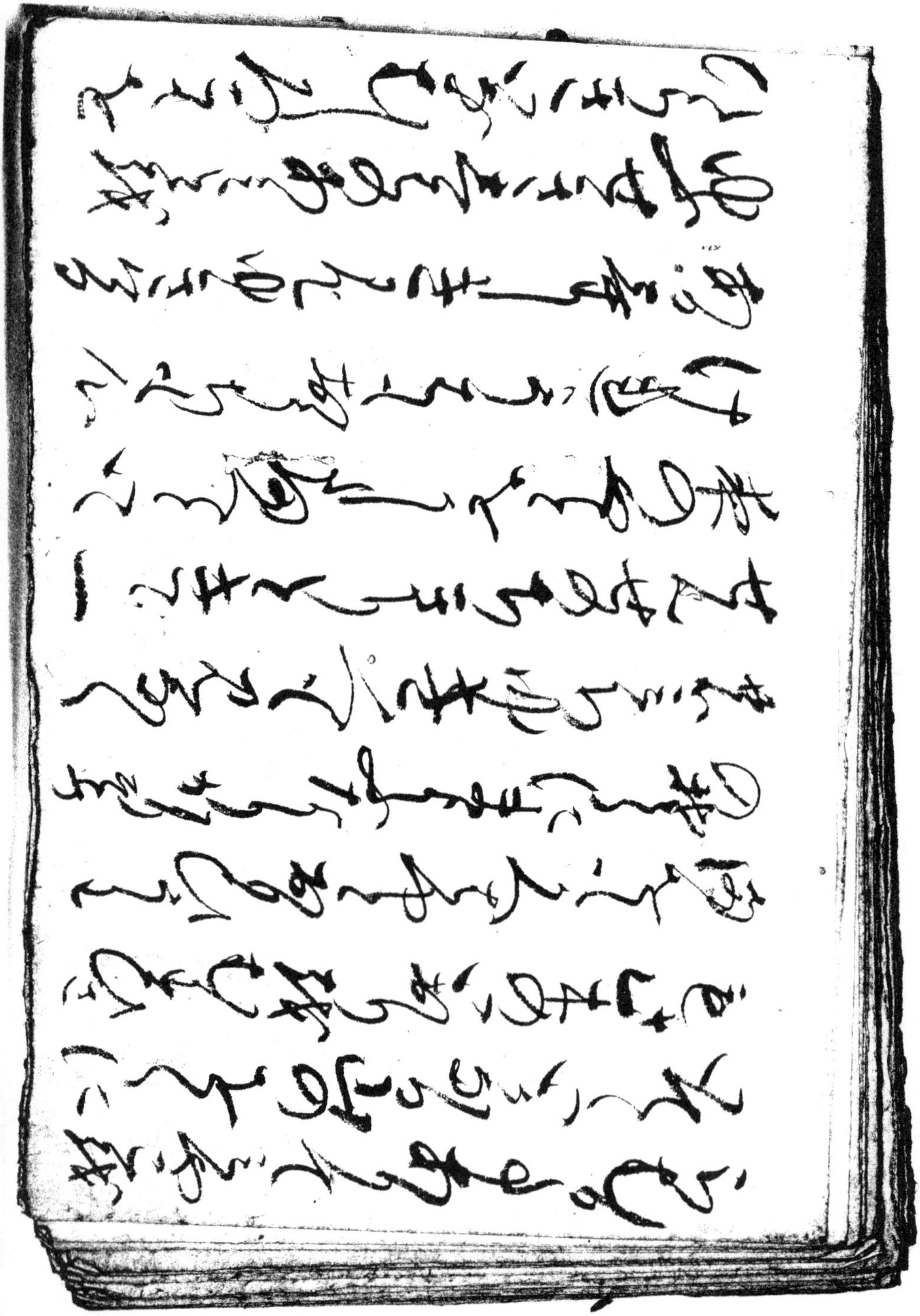

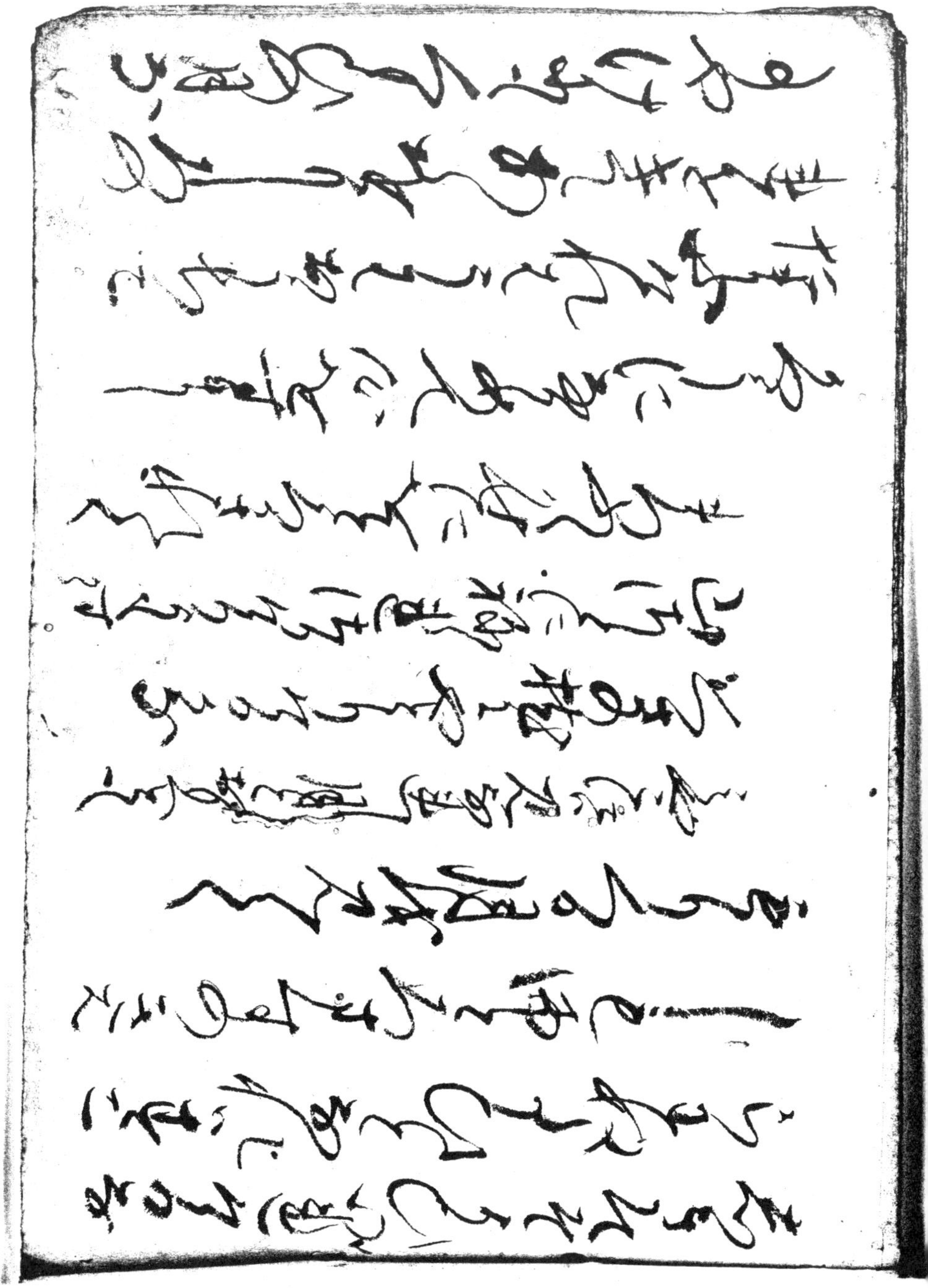

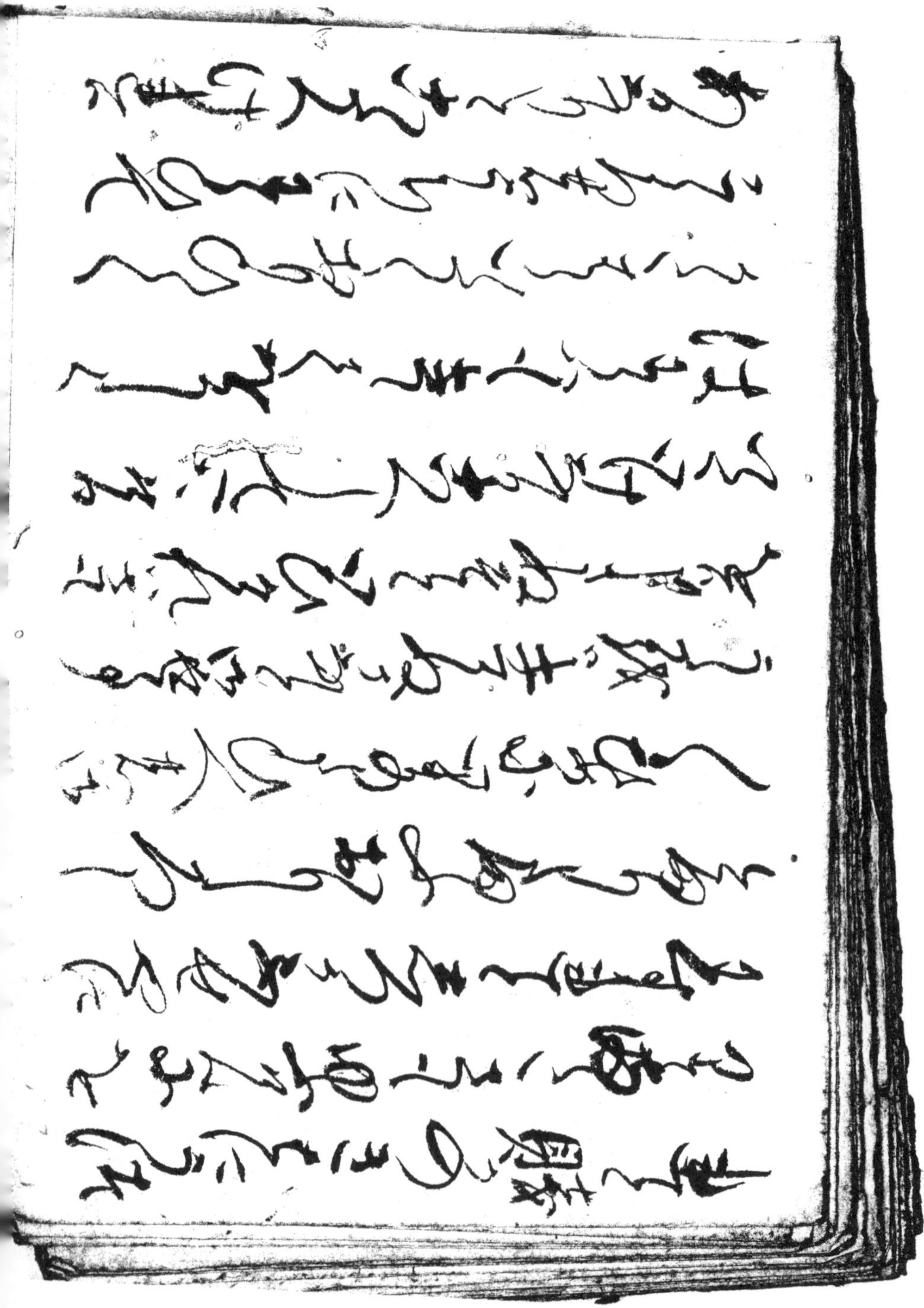

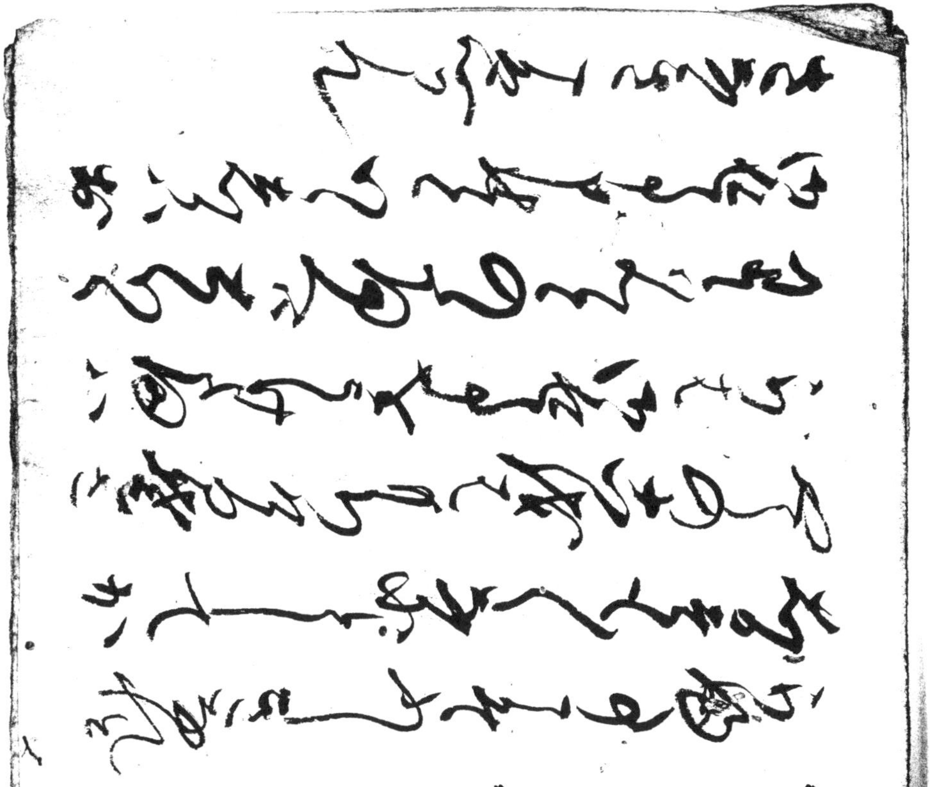

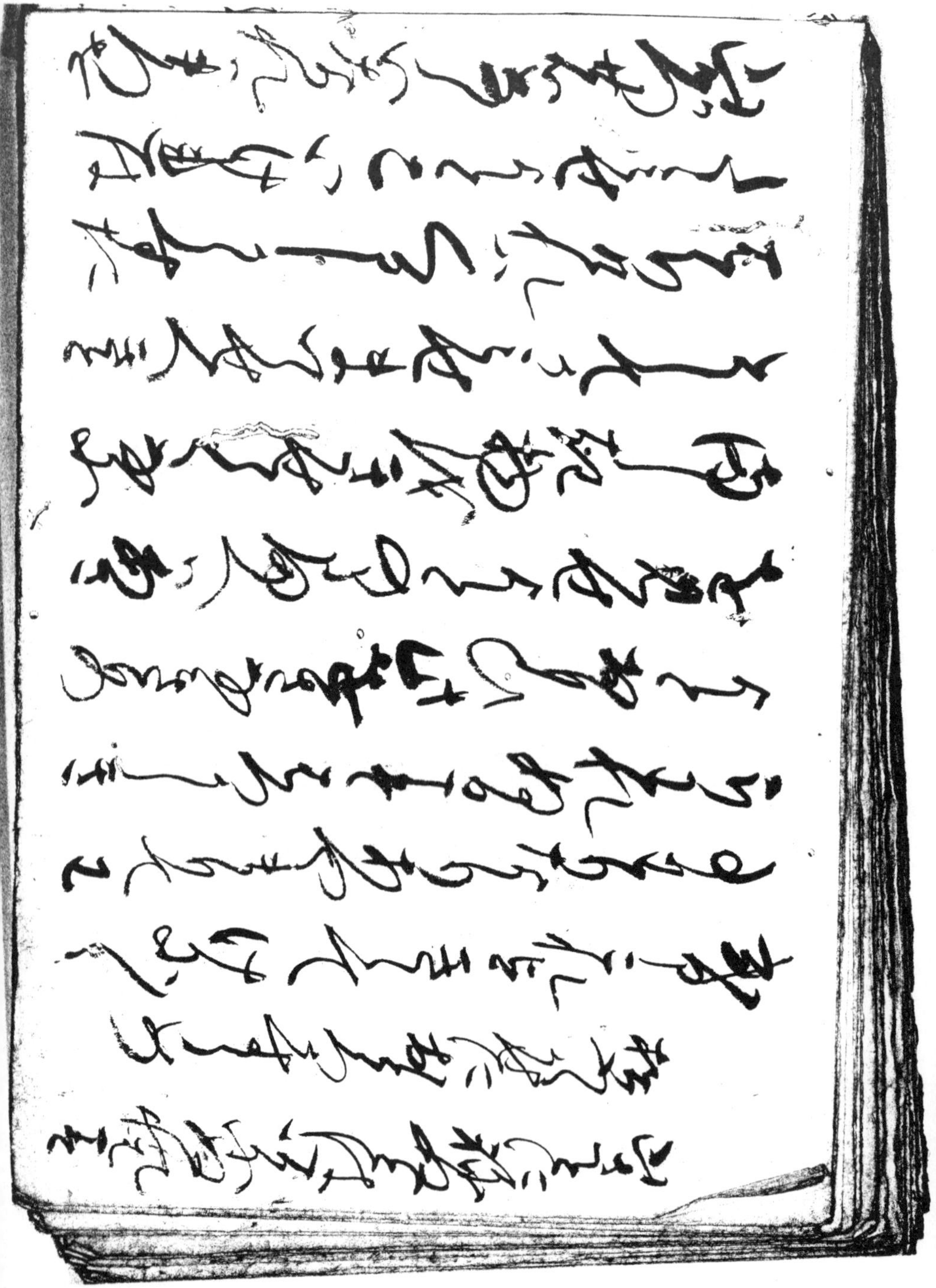

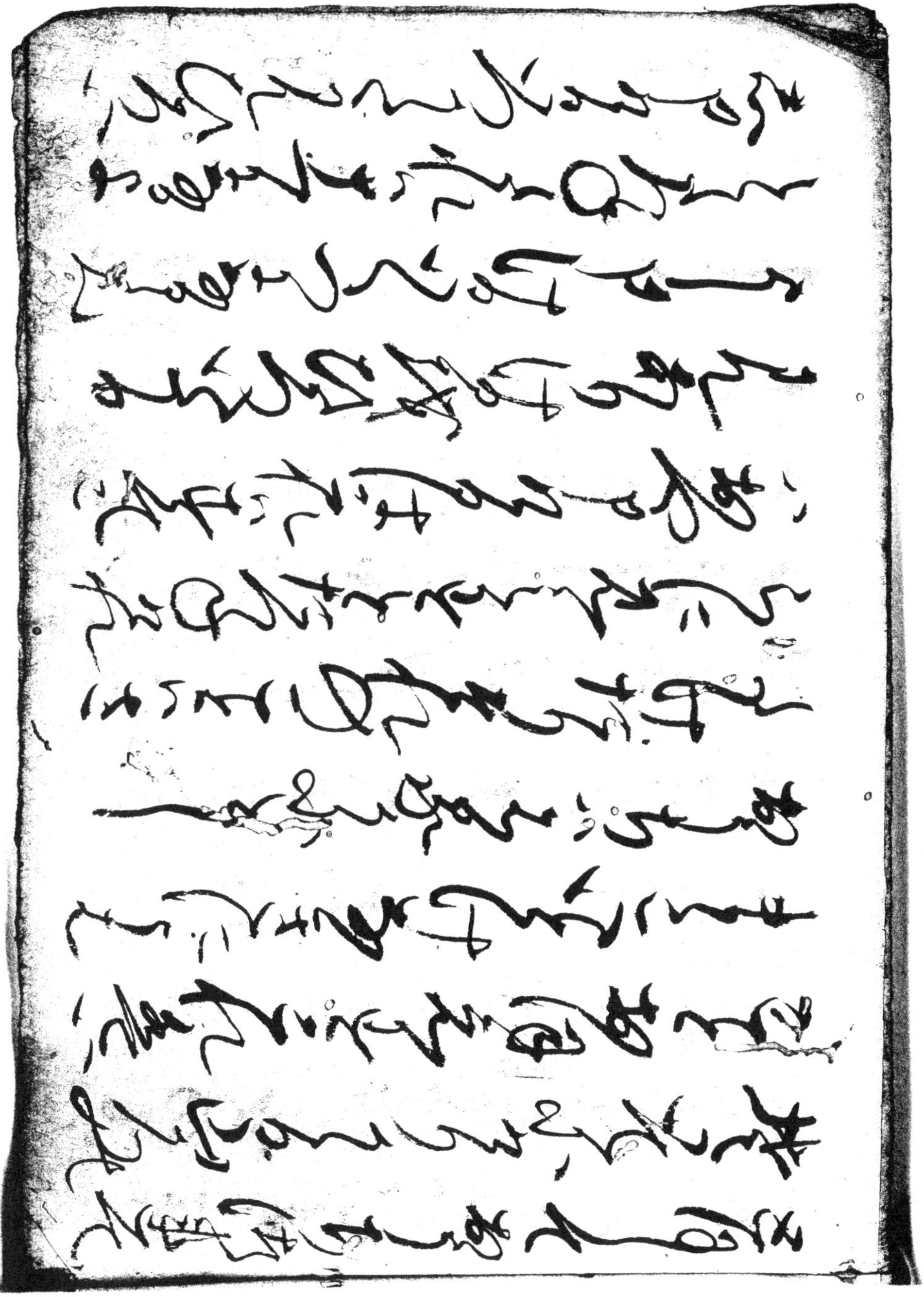

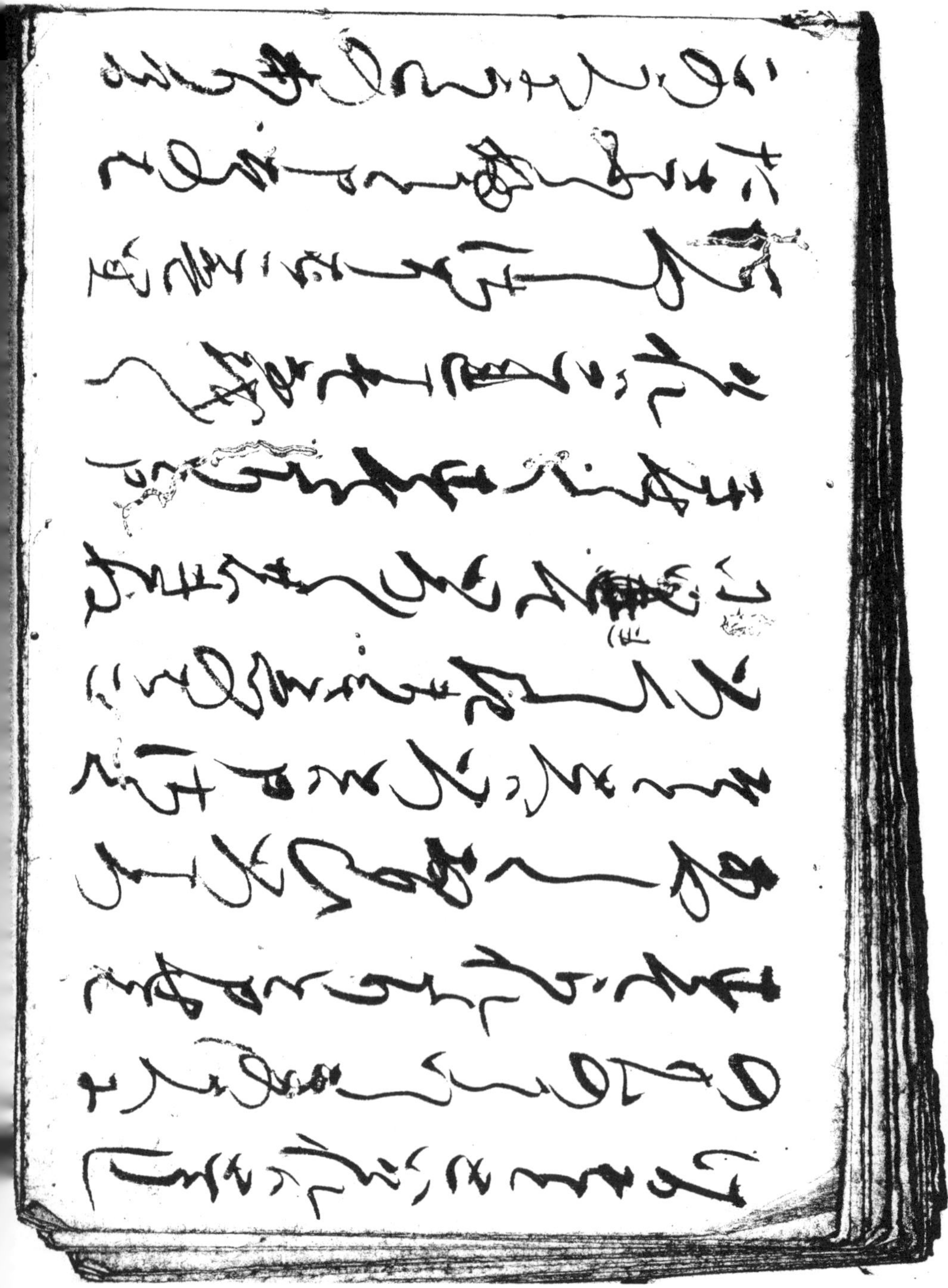

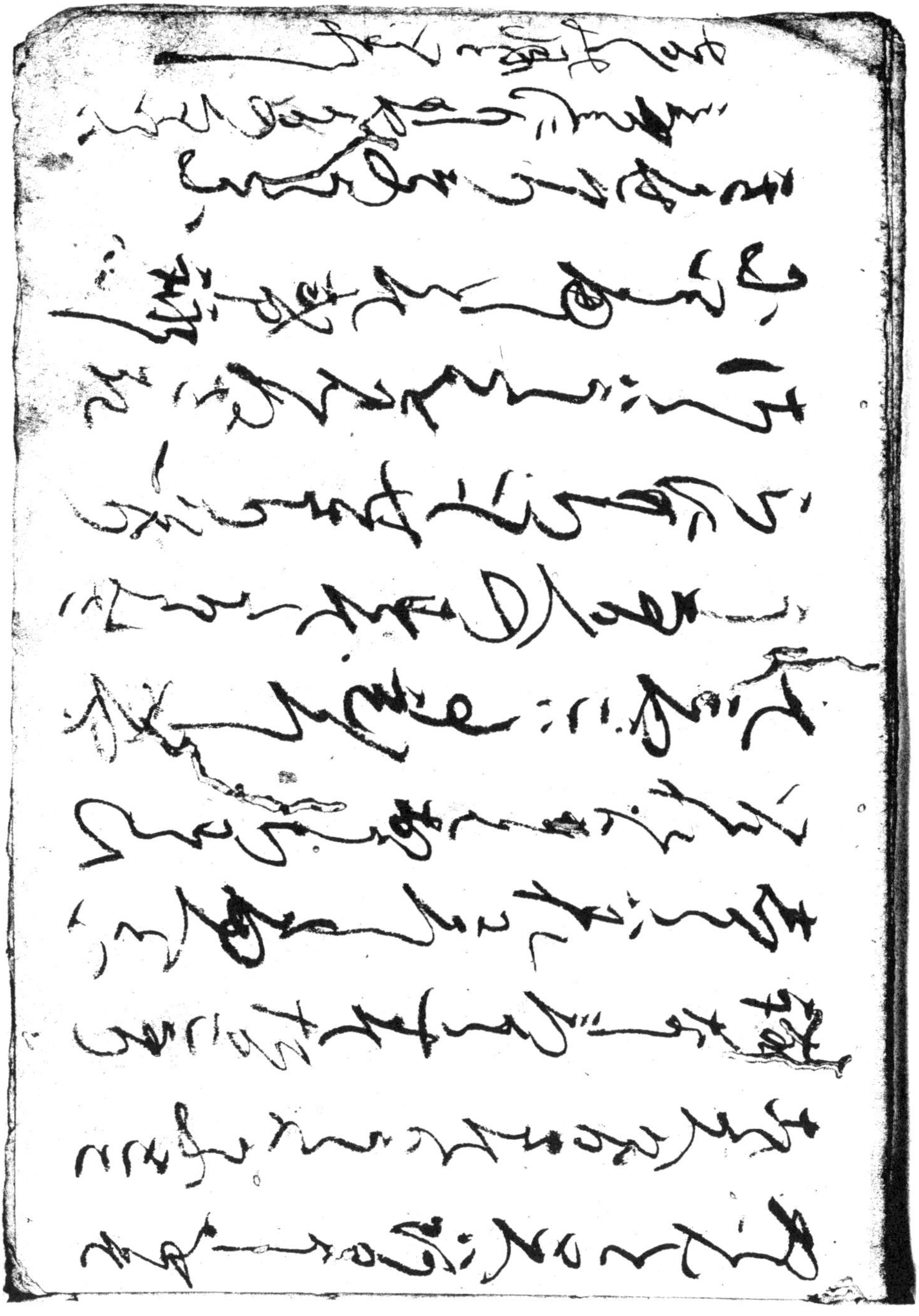

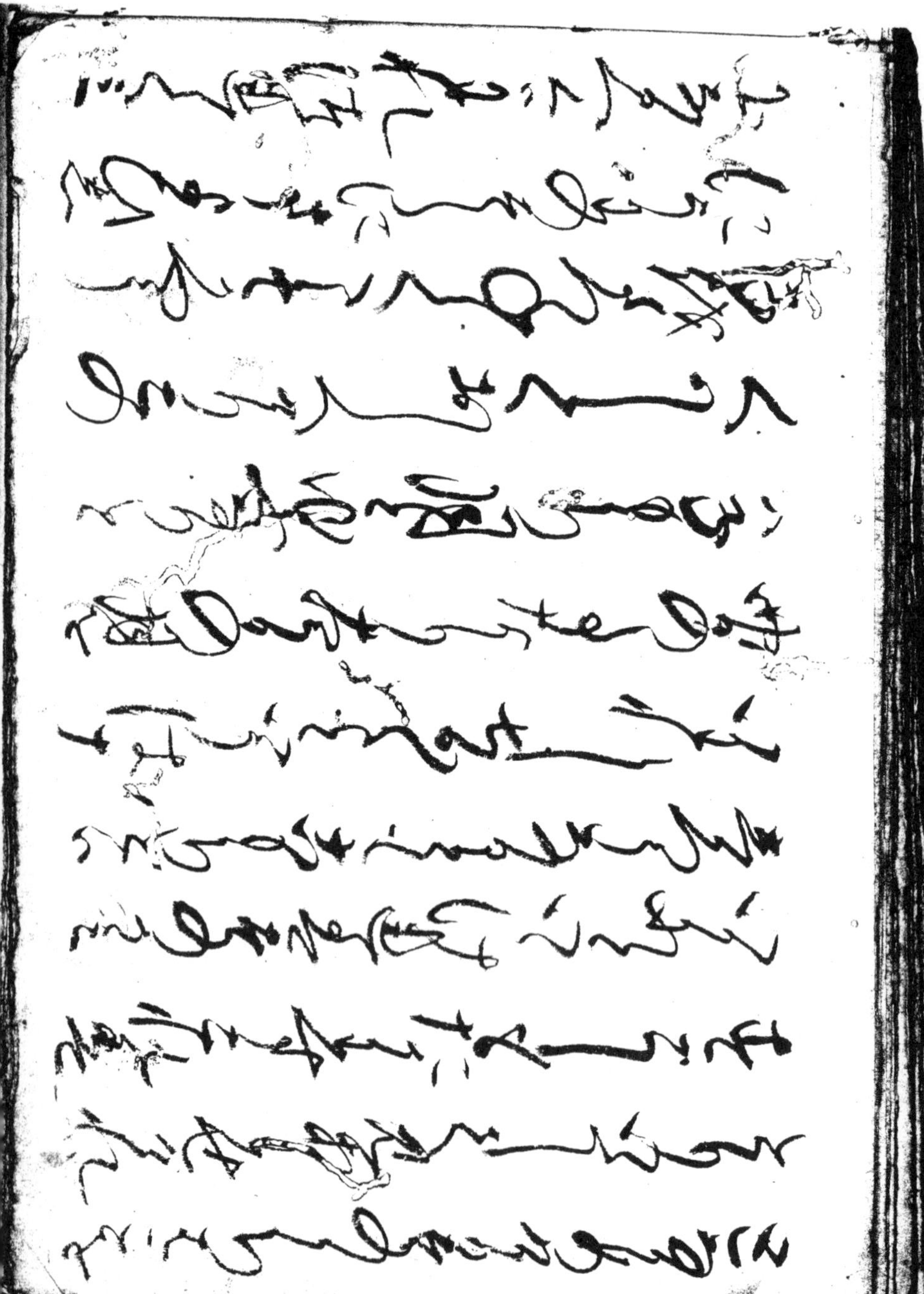

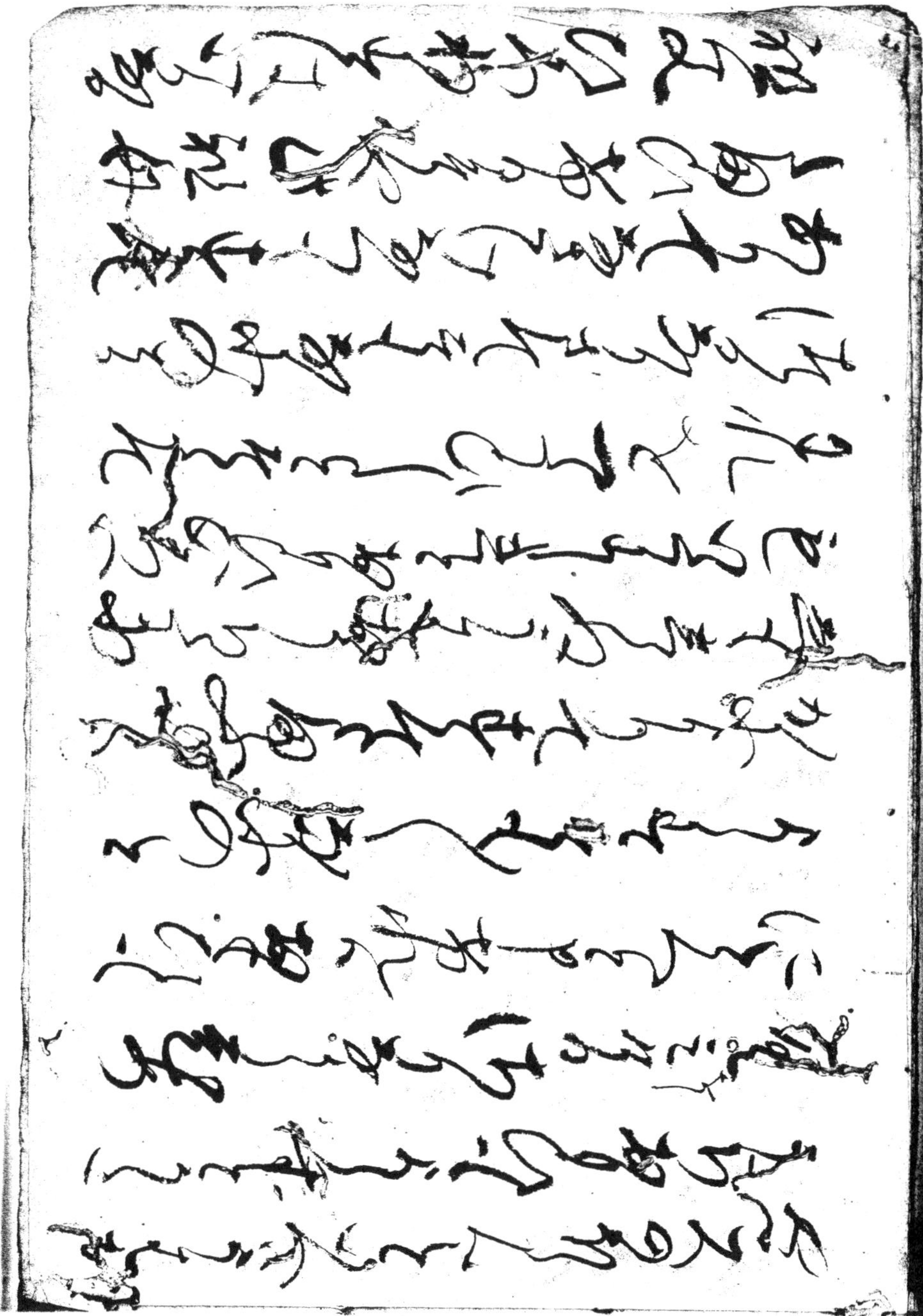

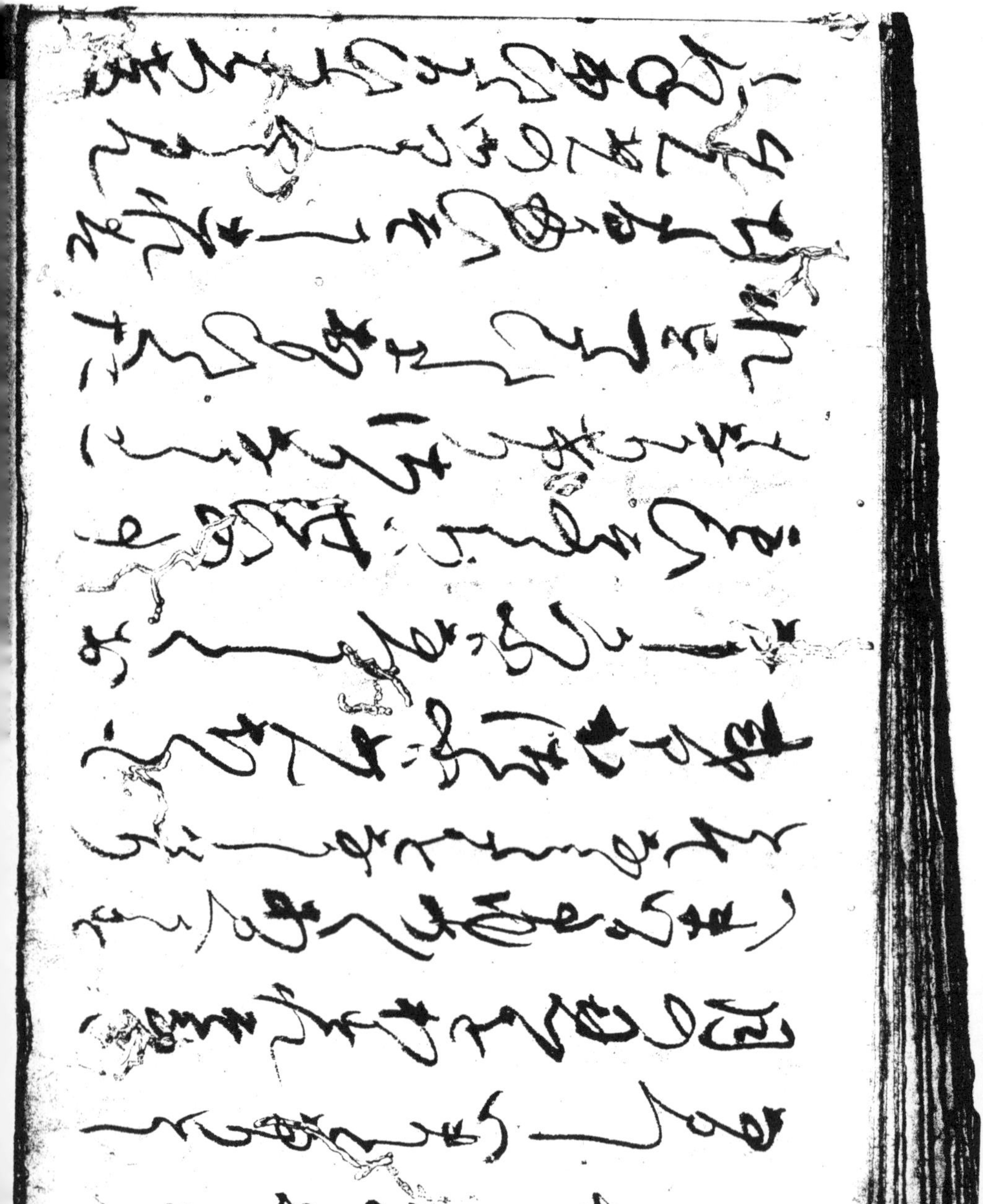

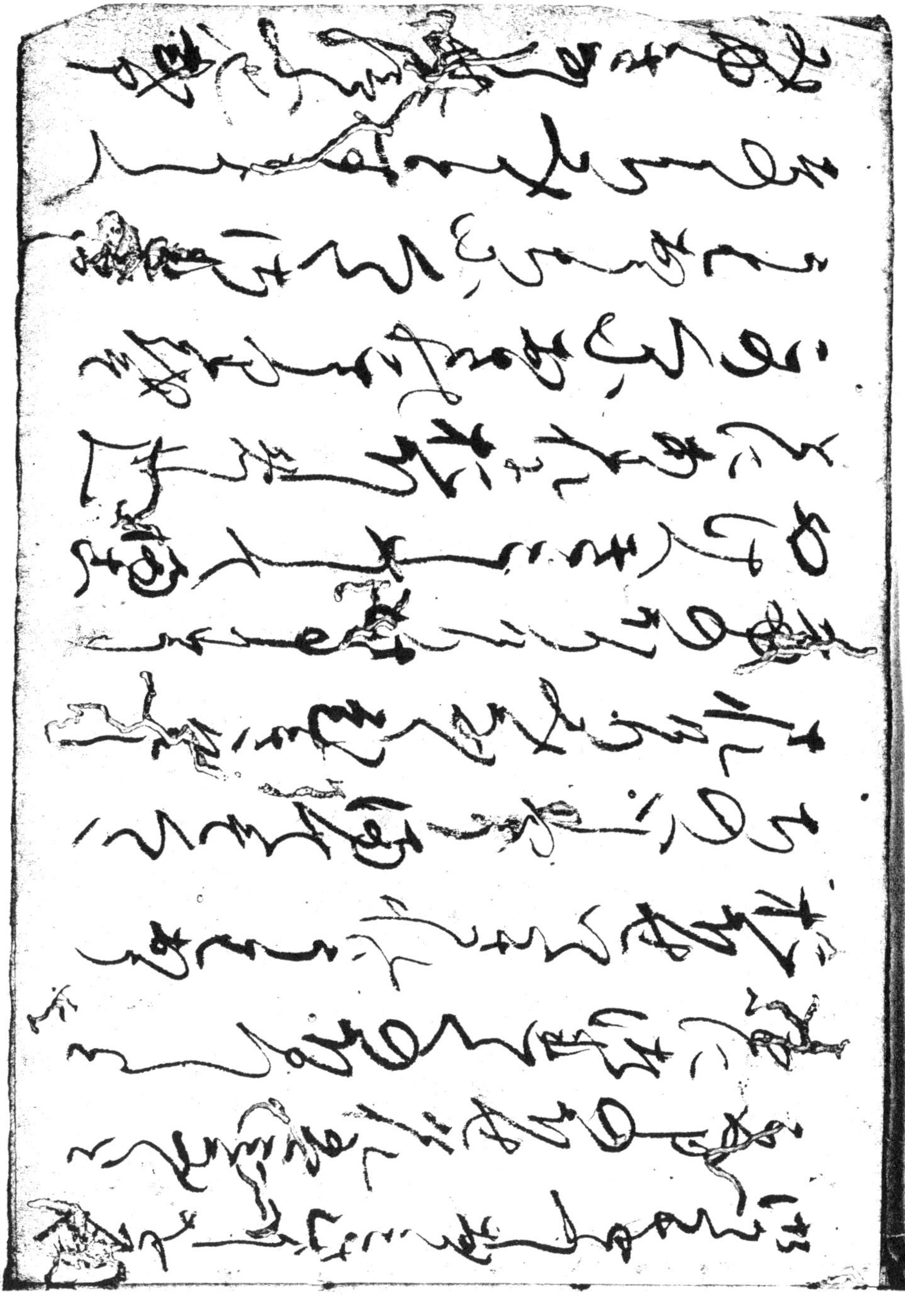

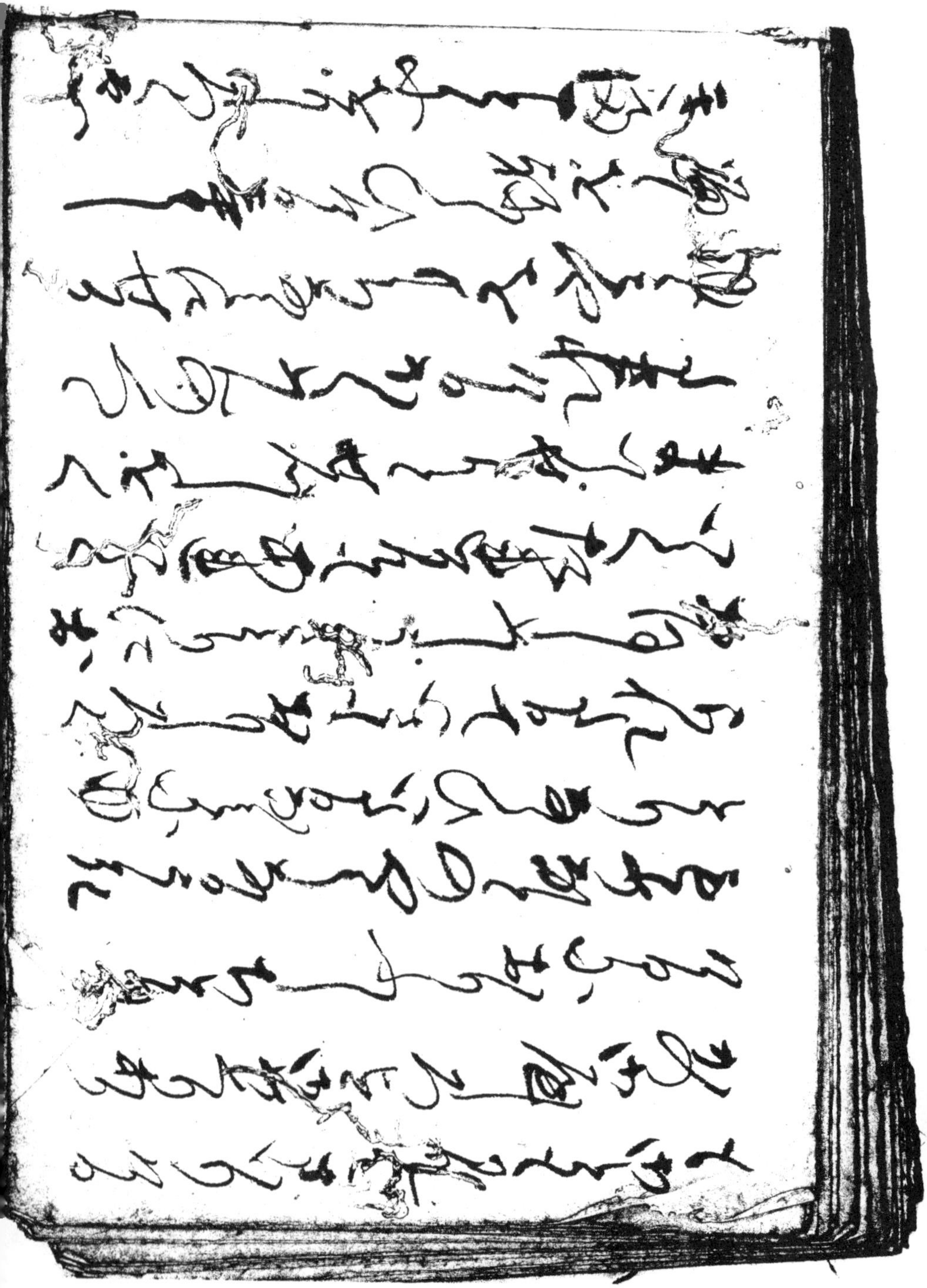

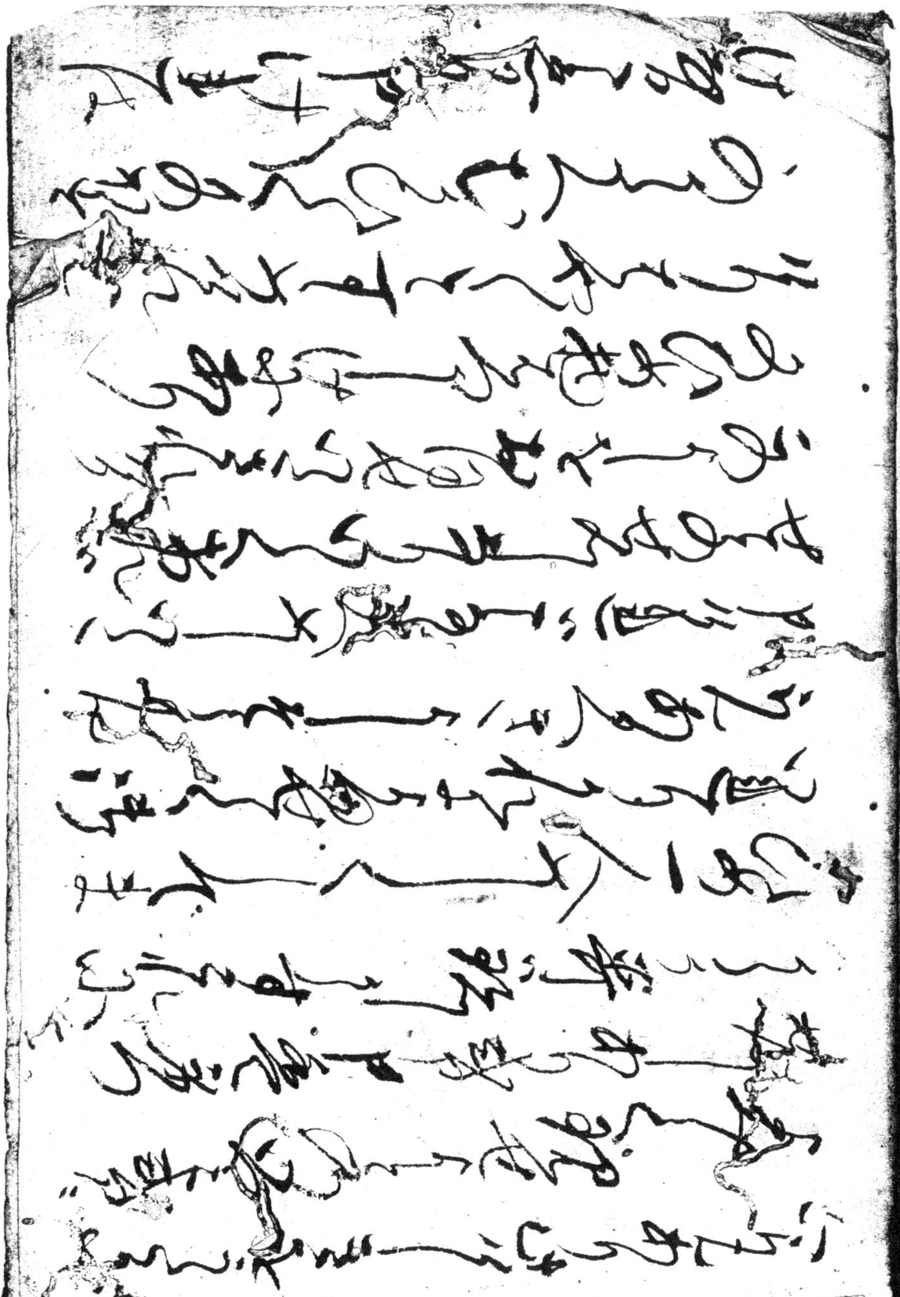

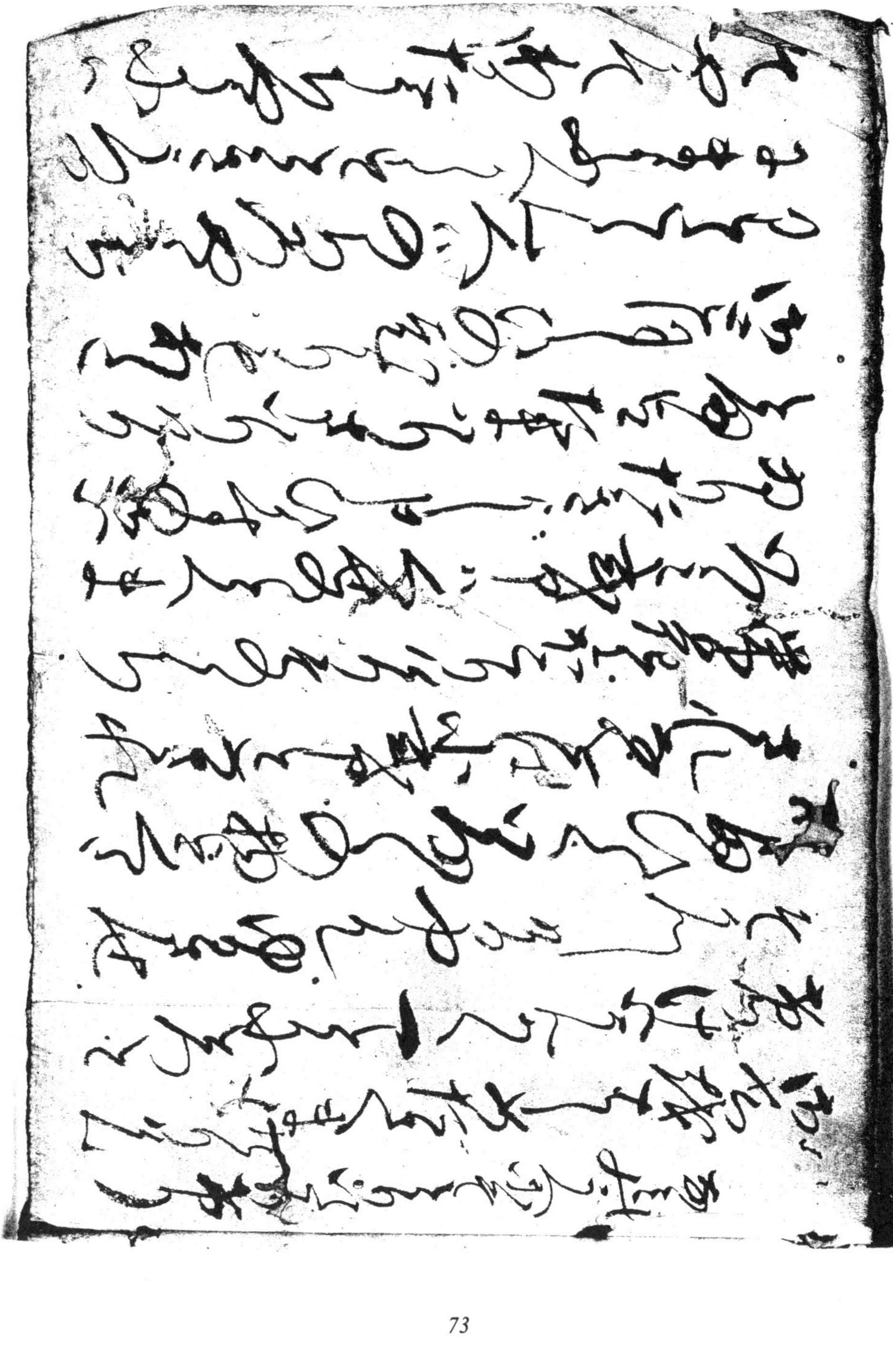

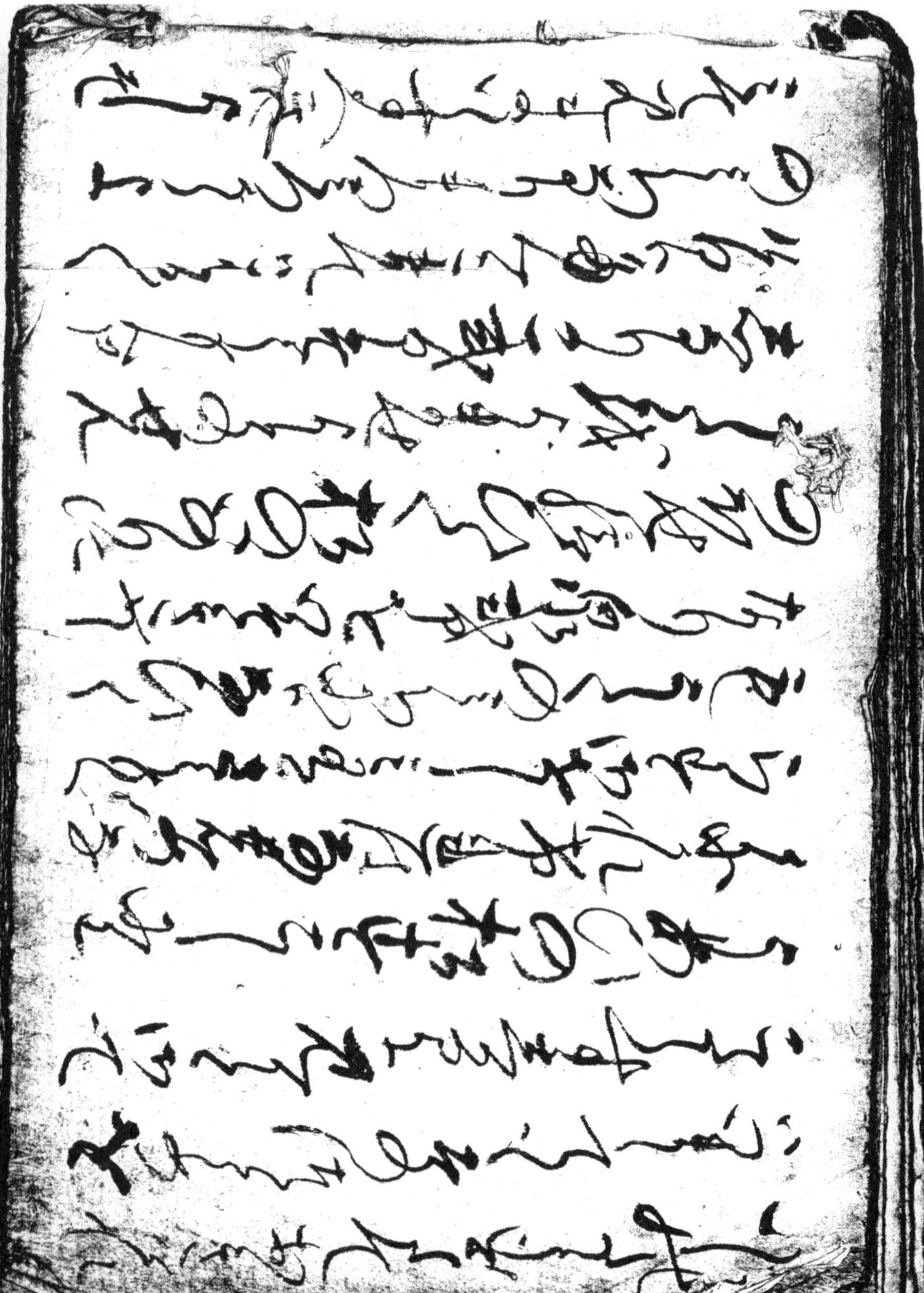

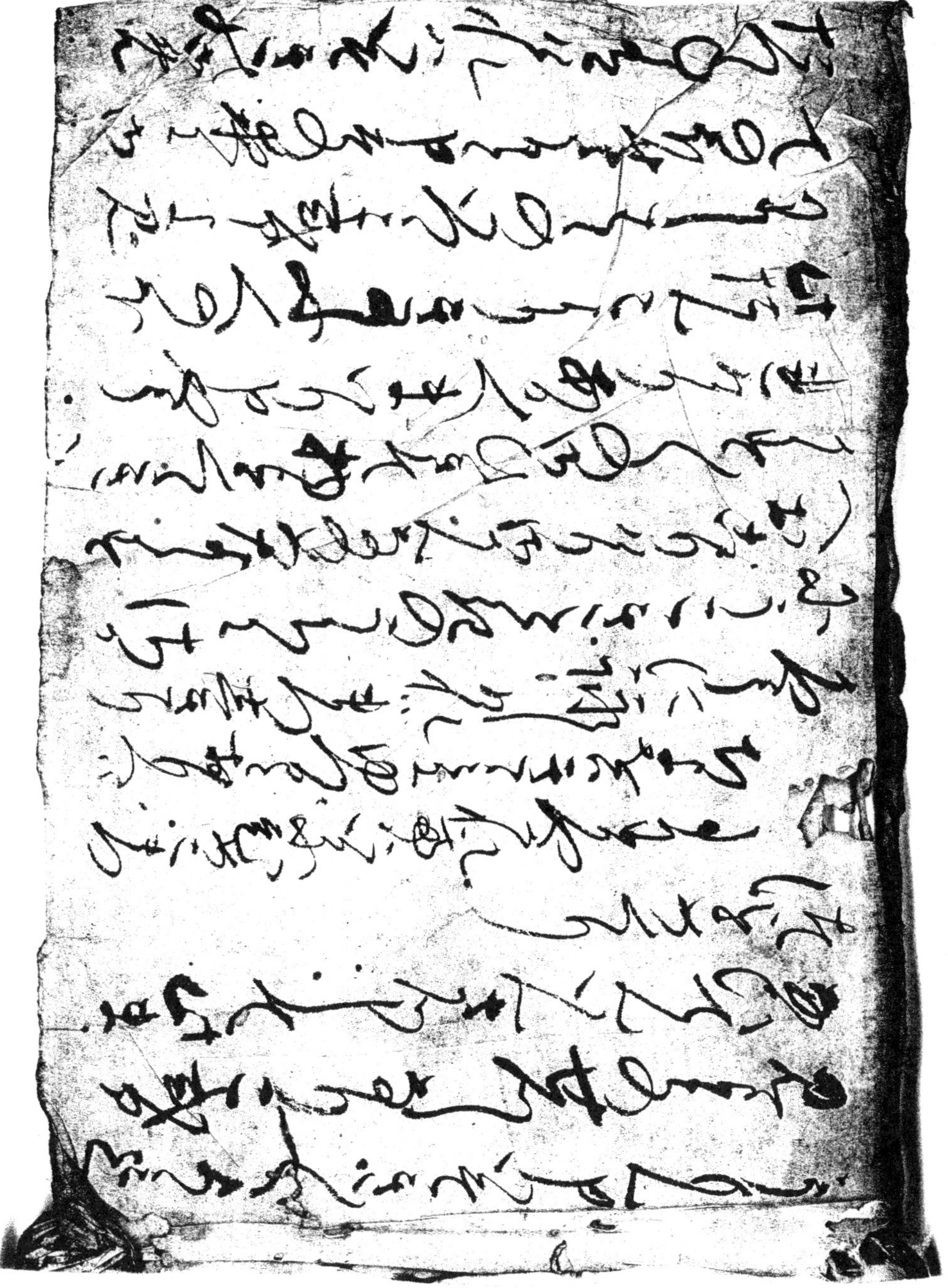

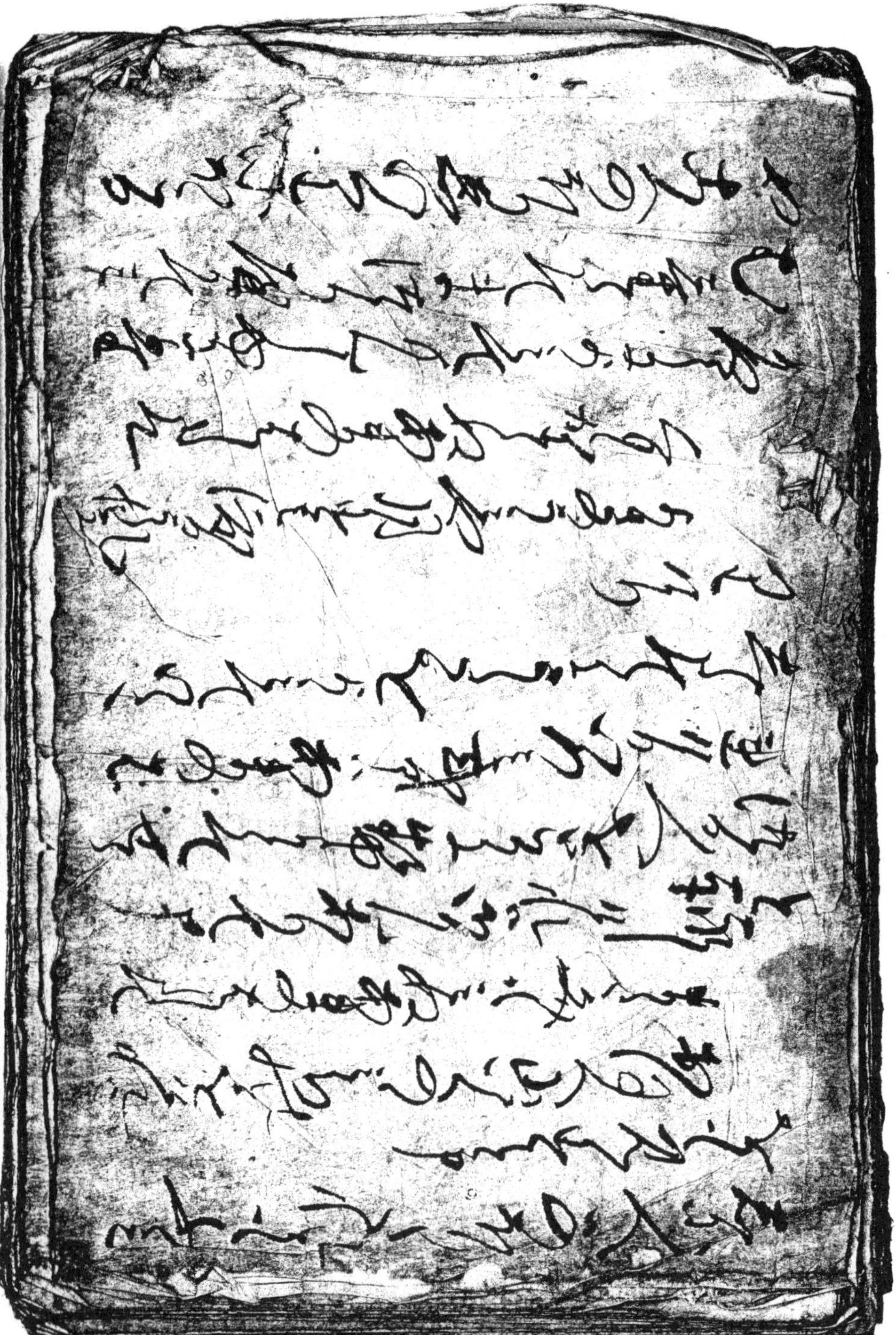

## 解題

『小式部』は、紫式部とその娘和泉式部、さらにはその娘小式部をめぐる物語である。この内容だけでもわかるように、史実には即していない。松本隆信氏「増訂室町時代物語類現存本簡明目録」（『御伽草子の世界』、一九八二年）には、六伝本が著録されている。『小式部』は、拙著「『小式部』の成立背景」（『室町物語と古注釈』、二〇〇二年）等に記したように、和歌注釈の世界が深く関わっている。『小式部』の内容は、以下の通り。

紫式部の娘和泉式部は、幼い頃から歌の才能があった。一三歳の時に重病となるが、歌徳により救われる。酒呑童子を倒した一員である藤原保昌と結婚し、娘小式部をもうけるが、宮仕えの身であるので、捨てる。やがて、母子は再会し、小式部の歌も有名になる。

以下に、本書の書誌を簡単に記す。

所蔵、架蔵
形態、写本、袋綴、一冊
時代、［室町末江戸初期］写
寸法、縦一五・一糎、横二一・六糎
表紙、本文共紙表紙

外題、むらさき式部
内題、ナシ
料紙、楮紙
行数、半葉一二行前後
字高、一二・六糎
丁数、墨付本文、三七丁

室町物語影印叢刊31

小式部

定価は表紙に表示しています。

平成二十年三月三〇日　初版一刷発行

©編　者　石川　透
発行者　吉田栄治
印刷所エーヴィスシステムズ

発行所　㈱三弥井書店
東京都港区三田三ー二ー三九
振　替〇〇一九〇ー八ー二一一二五
電　話〇三ー三四五二ー八〇六九
FAX〇三ー三四五六ー〇三四六

ISBN978-4-8382-7062-0 C3019